パーティを追い出されましたがむしろ好都合です！ 2

登場人物紹介

ルーナ
◆
補助魔法を使う冒険者。
父親に仕送りをしているため、
常に金欠気味。
なぜかパーティメンバーには
いつも振り回される。

チェイシャ
◆
女神の遺跡にいた
守護獣。

レイド
◆
大剣の使い手である勇者。
危なっかしいルーナが気になり、
陰日向から支える。

レジナ
◆
ルーナと共に暮らす
オオカミ。
シルバ・シロップの
母親。

フレーレ
◆
回復・攻撃魔法を
担当するプリースト。
ルーナの正式な
パーティメンバー。

シルバ・シロップ
◆
ルーナと共に暮らす
子オオカミ。

ゲルス
アントンを陰から操る
怪しい男。強力な
魔法を使うが……!?
アントン
(ノートナ)
ルーナ達がいた
元パーティのリーダー。
犯罪奴隷として
鉱山に送られた。
ソフィア
メルティの母親。
ノートナとメルティを
優しく見守る。
メルティ
ノートナに偶然助けられ、
彼にすっかり懐いた
女の子。

第一章

「ありがとうございましたー！」

「やっぱりルーナちゃんがいると活気があっていいね、また来るよ」

ランチタイム最後のお客さんが町の宿屋兼食堂の〝山の宴〟を出ていくのを見送る。テーブルの片づけをしているとおかみさんが話しかけてきた。

「お疲れ、ルーナちゃん。夜はサリーが来てくれるから今日はもう終わりでいいよ」

「はい、わかりました！　それじゃあ次は明日の夜でいいですか？　明日は朝からフレーレと依頼を受ける予定なんで」

するとおかみさんはにっこり笑い、私の背中をポンと叩いてから言う。

「もちろんだよ！　あんたの本業は冒険者なんだし、気にすることはないよ。あ、でもフレーレちゃんとルーナちゃんのふたりがウェイトレスをしてくれたら、売上があがるかもしれないねえ……」

「あ、あはは……それじゃレジナ達のお散歩に行ってきますー！」

ふう……あれは本気の目だった……

そんなおかみさんから逃げて私は裏庭へ回ると、狼の親子が出迎えてくれた。

「きゅん！」

「きゅんきゅんー♪」

「がう」

「お待たせ、お散歩に行くわよ！」

デッドリーベアの事件から、一緒に暮らしている狼親子と商店街へ歩き出し、ゆっくりとアテのない散歩をする。

「なんだか久しぶりにひとりでいるかも」

——思えばここ最近の私は忙しすぎた。

少し前、私は勇者であるアントンとパーティを組んでいた。だけど、彼がやらかしたせいでデッドリーベアとの死闘をする羽目になったのを皮切りに、補助魔法がすごいと他パーティからちやほやされて引っ張りだこになった。そうかと思えば、貴族に狙われ誘拐騒ぎに発展し、そそくさと隣街のガンマに現れたダンジョンへ赴けば、うっかりダンジョンを攻略。そこにあった女神の封印を解いてしまい、お宝である腕輪を押しつけられたりと、めまぐるしくいろいろなことがあった……。

さて、ダンジョンからアルファの町へ戻って一週間。私達は平穏な生活を取り戻していた。

一緒にダンジョンへ行ってくれた、勇者の《恩恵》を持つレイドさんは、いつも通りひとりで調査や依頼を受けている。

アントンのパーティに加入していた時から一緒で、やはりダンジョンへ同行してくれた侍者（アコライト）のフレーレは、稼いだお金を教会へ寄付して立派な聖堂を立て直すことができた。

私はというと、例の伯爵様に狙われた件があったので戦々恐々としていたんだけど、私達が街へ戻ったことがギルドに伝わった次の日、侯爵のフォルティスさんが事件の顛末を教えてくれた。

◆◇◆

ダンジョンから戻った次の日、ファロスさんに呼び出しを受けた私は、ダンジョンの守護獣である、チェイシャを連れてギルドへ来ていた。

「いらっしゃーい……」

ドアベルが鳴っても、受付で相変わらず、新聞を読んだまま生返事をするイルズさん。その様子を見て戻ってきたって感じがするなと苦笑する。

こっちを見ず、返事だけ返してきたので、カウンターまで行って声をかける。

「イルズさん、こんにちは！　何か御用があると聞きましたけど？」

「お、ルーナちゃんだったのか、ごめんよ呼びつけたりして。早速で悪いんだが、こっちへ来てくれ」

イルズさんは新聞を畳むと、ギルドマスターであるファロスさんの執務室へ私を案内してくれた。中に入るとすでにレイドさんとフレーレが来客用のソファに座っており、ファロスさんとフォルティスさんがふたりの前に座っていた。私が困惑しながらフレーレの隣に腰かけるとファロスさんが頷いてから口を開く。

「揃ったね。まずはダンジョンの調査、お疲れ様だったね。今日はその報酬を渡そうと思って呼んだんだよ」

そう言って手渡された革袋になんと金貨が十枚入っていた。おおお……！

「こ、こんなに!? いいんですか？ わたしはあまりお役に立っていませんけど……」

フレーレが申し訳なさそうにファロスさんへ尋ねるが、彼は笑いながら『気にしないでいいから』と革袋を握らせていた。

「……抱いているその狐のことも聞いている。女神の腕輪のこともね。その話の前にフォルティスからウィル伯爵について話があるそうだ」

「はい」

私にとってはこっちが本命だ。ファロスさんがフォルティスさんへ目を向けると、ソファから立ち上がり話をする。

『伯爵事件』の顛末(てんまつ)はフォルティスさんの調査により、私やほかの女性冒険者を襲った伯爵様が偽物だったことが発覚。現在は本物の伯爵様が迷惑をかけた冒険者達にお詫びをしているらしい。

「正体はわからずじまいか？」

レイドさんがフォルティスさんへ尋ねると、フォルティスさんは頷いて肯定する。

「ああ、調査の途中で逃げられたようでな。結局目的はルーナに好意があって、自分のものにしようとしたというところだろうか……」

「いや、それだとほかの女性冒険者が狙われた理由がわからないぞ？」

「手当たり次第襲ってルーナがよかったのかもしれない」

納得がいっていないレイドさんがさらに聞いてくれるけど、フォルティスさんの調査でもこれ以上のことはわからないようだ。

当事者の私としても気になるけど、犯人に今後狙われないなら今はそれでいいかな？

そう思っているとファロスさんがなおも続いているレイドさんとフォルティスさんの言い合いを止めてくれた。

「この話はこれまでにしよう。またルーナちゃんに妙なことが起こったら報告するということでいいな？」

「私はそれで大丈夫です」

私がそう言って頷くと、レイドさんも憮然とした表情をしながら、

「ルーナちゃんがいいなら、俺も」

と呟き、仕方なくといった調子でソファに座り直していた。

「ならこの件は終わりだ。それじゃあ次は――」

伯爵様の件は区切りがつき、ファロスさんが話し始めたところでフォルティスさんがそれを遮った。

「ではルーナよ、今日は私とディナーに付き合ってもらえないかな？　問題は解決したし、帰ってくるのを待っていたのだよ。どうかな？」

あ、この人、私のこと諦めてなかったんだ⁉　もしかしてそれで調査したんじゃ……！

「その……今日はお世話になっている〝山の宴〟でアルバイトがありまして……夜はちょっと……」

「な、なんと、今日もダメだと言うのか⁉　クッ……神は私に試練を与えているとでも……！　な、ならウチのメイドをそっちへ派遣しよう！　それなら……」

「ええー⁉　ダメですよ、それは！」

「では、どうすれば一緒に来てくれる？」

困った……悪い人じゃないんだけど、私が絡むとどうも冷静じゃなくなるご様子……

なんて答えようか考えていると、レイドさんが助け船を出してくれた。

「……フォルティス様、ルーナちゃんは予定があるみたいなので、また今度にされてはいかがだろうか？　ルーナちゃんも困っていますし」

あ、あれ？　レイドさん、ちょっと怒ってない？　口は笑ってるんだけど、目が……⁉

それを見ていたフレーレがぼそりと何か呟いていた。

「……いろんな人に狙われルーナ……」

「え？」

「え？」

「フレーレ、今何か言わなかった……？」

「い、いいえ⁉　何も言っていませんよ⁉」

……怪しい……何かよからぬことを言っていたような気がするんだけど……

それはともかくレイドさんとフォルティスさんが一触即発状態になり、そんな光景を前にしてファロスさんが苦笑いで呟いていた。

「……話を進めたいなー……」

なんというかすみません……私のせいじゃないと思いたい……

〈ふあーあ……騒がしい人間達じゃのう……〉

私達が騒いでいる間、チェイシャはあくびをして自分の話になるのを待っていた。

女神の封印を守っていた『チェイシャ』。強欲の魔神らしい。みんなで協力してなんとか倒すことができたんだけど、その後小さな姿で復活して一緒についてきてしまったのだ。

チェイシャを倒した時に現れた女神のアイテムは予期せず私に装着されてしまった。

そのことが気になって、ついてきちゃったのは仕方がないんだけど、食費がまた増えてしまうのが悩みの種である。さらに狼達と違い意思の疎通が図れるので、話し相手として私の部屋で一緒に住んでいる。


——結局、ギルドでの話し合いの核となる、『女神の封印』と『チェイシャ』の件は、世間に出回っている話ではなく、フォルティスさん達も知らないようだった。さらにチェイシャが何も語らなかったので、モヤモヤしながらもその場は解散となる。

そんな中、いいこともあった。私が伯爵様に狙われているという噂が立ち消えになり、フレーレと共に臨時でほかのパーティに加入して冒険者家業を再開することができたのだ。

それでも『どうして何度も私が狙われたのか？』と『その目的』は謎のままなので、引き続き警戒はした方がいいとレイドさんが提案してくれ、ほかの冒険者達もそれにのってくれた。

事態は収束し、いいことばかりだけど厄介なこともひとつ増えた。それはフォルティスさんのお誘いである。

調査を行い、私の風評を正してくれたので、流石(さすが)に一度はご一緒させてもらった。だけど、その後も何かにつけてフォルティスさんが私を誘ってくるようになってしまったのだ。

あの人、イケメンだしお金持ちで紳士だけど、話していても政治的な話や、難しい話が多くて相性が合わないって感じがするのよね。

熱心な誘いを断るのも申し訳ないけど、流されるわけにはいかないのだ。

「きゅんきゅん」

「きゅん！」

「はいはい。元気ねえ、あなた達は」

そんな私の気持ちなどどこ吹く風で鳴く子狼。じゃれあいながら歩いているシロップとシルバを見てほっこりしていると、目の前に知った顔が通りかかった。私は手を上げて声をかける。

「フレーレ！」

商店街を歩いていたのは、私と一緒にダンジョンを攻略し、教会を立て直した功績でアコライトからプリーストに返り咲いたフレーレだった。

買い物袋を提げているところを見ると、夕飯のお買い物ってところかな？

「こんにちは、ルーナ。お散歩ですか？　お店はお休みでしたっけ？」

そう言いながら私と並んで歩き出す。

「今日はお昼の仕事だけだから、もう自由時間なのよ。フレーレはお買い物？」

「はい！　教会は孤児院も兼ねていて大所帯ですから、この時間にお買い物をして仕込まないと間に合わないんですよ」

「大変ねえ、何か手伝おうか？」

「シスターもいますし、大丈夫ですよ！　あ、こっちに行きたいんですけど、いいですか？」

珍しく寄り道をしたいというフレーレの視線の先には、見慣れないものがあった。屋台かな？

それにしては派手な服を着ている人が立っているけど……

「ああ、またこれぇ？」

「次はうちの番ね！」

よく見ると買い物袋を持った主婦の人達がたくさんいて、何やら一喜一憂していた。

フレーレがお買い物袋から何かを取り出して屋台に近づいていく。

「すみません、わたしもお願いします！」

「？　これ何？」

目の前には取っ手がついた八角形の木箱がテーブルに鎮座していた。フレーレは屋台のおじさんに何かを渡し、ウキウキ顔で取っ手を掴む。

「ねえ、フレーレ、これって？」

「え？　ああ、これは『ガラガラ』って言うらしいですよ。蒼希の国から仕入れたとかで、クジを引けるんです」

「へえ、これがクジなの？　何がどうなったら当たりになるんだろう……」

私がまじまじと眺めていると、屋台のおじさんが笑いながら答えてくれた。

「この箱を回すと穴から色のついた玉が出てくるんだ。で、玉の色によって決まっている景品がもらえるって寸法よ！　今、商店街で銅貨五枚以上の買い物をするとチケットが一枚もらえるんだが、それ一枚で一回できる。理由はよくわからないけど、ウィル伯爵が『町の人達にも迷惑をかけたから、何かしようと思った』とかで、景品と一緒に商店街へ引き渡されたんだよ」

「へえ、あの伯爵様太っ腹ねー。ちなみにどんな景品があるのかしら？」

「きゅん！」

「がう！」

私が景品を見ようと思った矢先、シルバとレジナが目を輝かせて尻尾を振り、歓喜の声で鳴いた。

シルバとレジナの視線の先には――

【三等　ワイルドバッファローの霜降り肉】

「わかりやすいわねー」

食いしん坊なシルバはともかく、お母さんのレジナもお肉に目がいくとは……そんな二匹を見て微笑みながら、フレーレは取っ手を持ってガラガラとやらを回し始めた。

ガラガラガラ……

「きゅん！　きゅーん！」

「どうしたの、シロップ？　抱っこ？」

ガラガラの音がした途端、シロップが急に抱っこをせがんできたので抱えてあげると、シロップはキラキラした目でガラガラを見ていた。

「はあ！」

珍しくフレーレが気合を入れた声を出し、一気に取っ手を振り抜いた！

「きゅんきゅん！」

そしてシロップは大興奮。このガラガラの何がシロップをそうさせるのだろう？

カラン……

出てきた色は――

「あー残念！　白だね、はい、ティッシュ」

残念賞、というやつらしい。シンプルな箱のティッシュを受け取りながら、フレーレはもう一枚チケットを渡す。

「この一枚でどうにか……！」

「気合入っているわね、フレーレ。何が欲しいの？」

「あれです！」

フレーレが指した先には、豪華な調理器具セットが並んでいた。

「フライパンにお鍋と包丁のセット？　いいね、これ！」

「でしょう？　教会のフライパンがそろそろ限界で、ここはぜひ当てたいと思っているんです」

そう語るフレーレの目は真剣そのもの……ぜひ獲得してほしい……

「きゅんきゅん！」

「なあに？　シロップもやりたいの？」

「きゅ、きゅーん！」

私の手をかぷかぷして尻尾を振るシロップ。

「ごめんね、私はチケットを持っていないからできないわ」

「きゅきゅん⁉」

「あ！　どこ行くの！」

シロップが私の手から離れてどこかへ走り去る。追いかけようか迷ったけど、シロップはレジナ達と勝手に町に散歩へ行くこともあるし、飼い主が私だと知っている人が多いから、追いかけなくても大丈夫かな？

とりあえず今はフレーレを見守ることに決めると、ちょうど玉が出てくる瞬間だった。

「えいっ！」

ガラガラガラ……カラン……

「白！　ティッシュ箱ね！」

「あー、残念……。でも楽しかったです！」

「まだ景品はあるから、いつでも挑戦してくれ！」

「チケットを手に入れたらまた来ますね！」

フレーレがおじさんにそう言ってその場を離れようとした時、

「きゅきゅーん♪」

シロップが帰ってきて、私の足をぺしぺしと叩いていた。

口に何か咥えているわね？　屈んで咥えているものを受け取ると——

「あ、これチケット！　どこかで拾ってきたの？」

「きゅんきゅん」

コクコクと頷く。

「拾ったものはダメよ、きちんとお買い物をしないと」

「きゅーん……」

私が抱っこして言い聞かせると、がっかりした様子で耳と尻尾が下がった。

しかし、おじさんがそんな様子を見て声をかけてくれる。

「なんだい、ガラガラをやりたい狼だなんて変わっているなあ。なら、ウチの肉を買ってくれよ、それで一回ってことで」

ぬぬ……商売上手なおじさんだ……よく見れば肉屋さんが近くにあり、シルバとレジナが揃ってそっちを見ていた。さらに言うと隣のおじさんは向かいの魚屋さんだ。商店街の人が持ち回りでこのガラガラをしているみたいね。

「……じゃあ、後でお肉を買いに行きますね。はい、シロップ」

拾ったチケットをおじさんに渡し、私は抱っこしたままシロップをガラガラの取っ手の前に差し出す。

「きゅきゅ～ん」

興奮してなんとも言えない声を出しながらパクッと取っ手を咥える。

「きゅん！」

「がうがう！」

その様子を見て、尻尾をぶんぶん振りながらチラリと霜降り肉に目を移すシルバとレジナ。

そして今、シロップの首がぐるんぐるんと回り始めた！

ガラガラ……

そして――

カラン……

出てきた色は！

「お、おおお!?　金……金色だ!!」

ガランガランガラン！

「うわ、びっくりした！」

おじさんが興奮して手元のベルをめちゃくちゃ鳴らし、私はびっくりして耳をふさぐと、フレーレが肩を叩きながらぴょんぴょん跳ねていた。

「すごい！　すごいですよ、シロップ！　金色は一等です！」

「きゅきゅん♪」

フレーレがシロップの顔をぐりぐりすると、満足そうに目を細めて鳴いた。

「一等⁉　え、本当に⁉」

「あ、ああ、間違いないぜ」

金色の玉を私に見せて冷や汗をかくおじさん。となると気になるのはもちろん景品だ。

「で、一等ってなんですか！　お肉よりいいものですよね、きっと！」

「おう、もう引き当てられたのは悔しいけど、当たりは当たりだ。一等の景品はこれだ！」

バン！　と、後ろにあるパネルを叩きながら叫ぶおじさん。

そこにはきれいな海と島の絵が描かれていた。

「えっと……その絵、ですか？　確かにきれいですけど、食べ物とかの方が……」

「なんだ、飼い主も食い意地が張ってんな……。違う違う、景品は『南の島　三泊四日の旅』だ！」

おじさんの興奮っぷりに呼応するように、フレーレが口に手を当てて驚く。

「え⁉　南の島ってもしかして、奇跡の島と言われている『ヘブンリーアイランド』ですか？」

「そう、何百年前から変わらない地形や生態系を持つあの島だ。最近アクアステップの国がリゾート開発を進めてバカンスにいいって評判なんだ」

「ですよね！　ディーザがそのうち行こうって言っていたのを覚えています」

全然知らない……しかしフレーレがこうも食いつくとは、恐るべしリゾート地。

私があっけにとられていると、おじさんが封筒を差し出してきた。

「はい。これが景品だよ。ふたりまで行けるから、彼氏か友達でも誘ってゆっくりしなよ！」

「あ、はい！　行くわよ、みんな」

封筒を受け取り、次の人が待っているのでその場を離れようと狼達に声をかけると――

「きゅーん……」

「がう……」

シルバとレジナが霜降り肉を見ながら切ない声を上げていた。

「ほら、どかないとダメよ。お肉屋さんのお肉でいいでしょ？」

「きゅん！」

お肉、と聞いてシルバがお座りからシャキッと立ち上がり、私の足元にぴったりくっついた。

「うふふ、結局お肉が食べられればなんでもいいんですね」

フレーレが笑いながらシルバを撫で、レジナも後ろ髪をひかれながら渋々後を追ってきた。

少し離れたところで封筒を開けてみると、中にはチケットが二枚入っていた。一枚取り出して概要を見てみる。

「すごい、船代と宿代がタダだって！　あ、ご飯も三食全部出るみたい。至れり尽くせりね！」

「いいですね！」

「ふたりなら私とフレーレで行けばいいかな？　ダンジョン攻略をしたパーティとして、レイドさんも行けたらよかったんだけど」

「え？　わたしが行っていいんですか!?」

「そりゃあ、現状では正式にパーティを組んでいるのはフレーレだけなわけだし、いいに決まってるじゃない」

「うう……一生ルーナについていきます……」

「大げさすぎない⁉」

泣いて喜ぶフレーレをとりあえず放置し、注意事項を確認するとペットも問題ないみたい。レジナ達も一緒に行けそうだ。

「持っていくものは着替えとかだけでよさそうね。フレーレはいつが都合いいか、確認しておいて」

「わかりました！　もう今からでもいいですけど！」

「流石にそれはちょっと……明日は依頼があるでしょ？」

私が苦笑しながらそう言うと、フレーレは、

「明後日から行きましょう！」

と、張り切って去っていった。

その足でお肉屋さんへ寄った後、バカンスに行くため、不在になることを告げにレイドさんを探してギルドへと赴く。

カラン……

ギルドの扉を開けると、ドアに設置されたベルが軽く鳴る。

「リゾートかあ、服はどうしようかな？」

「お、いらっしゃい、ルーナちゃん。なんか楽しそうだね？」

誰ともなく呟いた私の言葉をイルズさんが聞きつけ尋ねてくる。

「えっとですね、商店街でやっている『ガラガラ』って知ってますか？」

「ああ、俺達も設営を手伝ったからな。あれがどうかしたのかい？」

「実は私……というかシロップが回したんですけど、一等が当たっちゃって」

私が困惑気味に言うと、イルズさんがぎょっと目を見開き、声を小さくしてから私に言う。

「本当か？　もしそうなら相当運がいい。始まって二週間程度だけど、まだ白玉が多いはずだ」

「そうなんですか？　シロップは一回で出しましたけど……」

「きゅんきゅん？」

何？　と言わんばかりに首を傾げて尻尾を振るシロップ。

「無欲の勝利か……？　それで楽しそうだったのか。確かペアチケットだっけ？　フレーレちゃんと行くのかい？」

「ええ、ダンジョンの件もあるからレイドさんとも行きたかったんですけど、あいにくチケットが二枚しかないので謝っておこうかと」

「律儀だなあ。レイドはちょうど徹夜で単独の生態調査の依頼に出たところだ。帰るのは明日の朝だから、あいつが帰ったら俺から言っておくよ」

「あ、本当ですか？　なら明後日から三泊四日、ヘブンリーアイランドへ行くって伝えておいてください！　明日は私達も依頼で近隣の森へ出てると思いますし」

「わかったよ、いいなあ、リゾート地……俺も休みたいぜ」

「あはは……じゃ、お願いしますね！　また明日！」

本気で呟くイルズさんに挨拶をしてギルドを出ると、バイト先の〝山の宴〟へ歩き始める。

おかみさんにリゾート行きを伝えないとね！

だけど、このリゾート地で私達はとんでもない目にあうことになる。そんなこと、この時はまだ思いもしなかった。

◆　◇　◆

「さて、午後はなんとか休みが取れた。ルーナをディナーにご招待といこうか」

「大丈夫ですかフォルティス様。なんだか偽伯爵みたいになっている気がしますけど……」

「何を言う、私は紳士だぞ？　襲うような真似は断じてしない！　そう、少しずつ心を通わせてだな——」

「(そこじゃないんですけどねえ……)」

主人の行動は少し度が過ぎていると思い、執事のパリヤッソがやんわりと注意をするが、フォルティスはどこ吹く風で持論を展開する。そうこうしているうちにフォルティス達が乗る馬車がルーナの下宿先である〝山の宴〟に到着した。

「すまない、ルーナはいるだろうか？」

「はい、いらっしゃい……って侯爵様でしたか。えっと、ルーナはいませんよ」

「むう、すれ違いか……帰ってくるまで待たせてもらってもいいだろうか？」

「構いませんけど、帰ってくるのはしばらく先ですよ？　商店街のクジで一等が当たって、今朝から……なんだっけ、あんた」

「……『ヘブンリーアイランド』だ」

〝山の宴〟のマスターがボソリと呟き、フォルティスは驚いておかみさん達へと尋ねる。

「ヘブンリーアイランドだって⁉　いつか私がルーナを誘って行こうと思っていた場所じゃないか！　商店街のクジ……あ、あれは確かペアチケットのはず……だ、だ、誰と行った？　もしかしてレイドか⁉」

「フレーレちゃんと行くって言ってたっけね。あとは狼達と狐も連れて行きましたよ。ルーナちゃんは『レイドさんが行けなくて残念』だとぼやいていましたけど」

おかみさんは意地悪くレイドの名前を出したが、フォルティスは『フレーレと行く』という部分を聞いて安堵する。しかし、すぐに別の不安が脳裏によぎった。

「リゾート地……アバンチュール……見知らぬ男女の淡い恋……」

「フォルティス様、口に出てますよ……というか発想が古いですね……」

パリヤッソが呆れながら呟くと、フォルティスがぐわっと顔を上げて叫んだ。

「情報提供感謝する！　行くぞ、パリヤッソ！」

「ああ、お待ちください！　すみません、失礼いたします！」

バタバタと出ていくフォルティスを追ってパリヤッソが馬車へ乗り込むと、今度はギルドへ向かえと御者に指示を出していた。

「ど、どうするおつもりですか⁉」

「知れたこと……私も行くのだ……！」

ギルドに到着すると、フォルティスは転がるように馬車から降りた。その勢いのまま、ギルドの扉を開けて中へ入る。そして目当ての人物を見つけて声をかけた。

「見つけたぞ、レイド！」

「あれ？　フォルティスじゃないか。ルーナちゃんならいないぞ？」

「知っている！　リゾート地だろう？　……なあレイド、お前も行ってみたいと思わないか？」

「？　リゾート地にか？　というか、どこでルーナちゃんが行ったことを知ったんだ？　まあ、ダンジョン疲れもあるし、少しゆっくりしたいとは思うけど」

レイドがそう言うと、フォルティスはニヤリと笑い、肩を組んで耳元で囁く。

「行こうじゃないか」

「は？」

「行こう、私達もリゾート地に！」

「い、いや、俺は金がないし……」

「構わん！　私には貯金がある。お前ひとりくらい余裕だ。明日の早朝出発だ、準備を怠るなよ！」

それだけ言うと、ギルドを出ようと歩き出す。

「俺はまだ行くとは――」

レイドが引き留めようとするが、パリヤッソが前に立ち口を開く。

「申し訳ない、レイド殿、ここはひとつフォルティス様についていってはくれまいか？」

レイドに懇願するパリヤッソを見て一息つき、レイドは腕組みをして尋ねた。

「ルーナちゃんが好きなのはわかるけど、それならひとりで行けばいいんじゃないか？　どうして俺なんだ」

「……恐らくですが、ルーナさんの顔見知りであるレイド殿がいれば、邪険にはされないだろうという打算と、フレーレさんの相手をレイド殿にさせようという魂胆かと……」

「マジか……」

いつもならこんな無茶は言わないが、ルーナが関わっているとダメになるな、と思いながら、パリヤッソへ返答する。

「わかった。あの調子なら断っても宿の前で待っていそうだし、行くことにするよ。それにバカンスに年頃の娘がふたりというのも心配だしな」

「お、やっぱり心配なんだな？」

にやにやと笑いながら言うイルズ。その彼を睨みながらレイドは口を開く。

「ゴホン！　茶化さないでくれ、イルズ。そういうことになったから、すまないけど依頼は中止だ」

「おう、侯爵様の頼みとあっちゃ仕方ねぇ、ほかのパーティに頼む。そういや、向こうにもギルドがあるらしいぞ。面白い依頼があったら受けてみたらどうだ」

「気が向いたらな」

イルズの依頼をキャンセルし、雑談をしているとパリヤッソがレイドへ話しかける。

「それでは明日、お迎えに上がります」

「ああ、よろしく頼むよ」

パリヤッソを見送り、その後すぐにレイドも準備のためギルドを出た。しばらく歩いてから一度立ち止まり、逡巡する。

「(リゾート地か……海は危険だし、いろいろ準備をしないといけないかな。フォルティスはあんな調子だから期待できないし)」

胸中でそう思いながらレイドの足は商店街へと向いた。

ピィイイイ！

〈うわ!? な、なんじゃ!?〉

けたたましい警笛の音で目を覚ましたのは、私の腕でずっと眠っていたチェイシャ。

〈船か……わらわは初めて見たのう。ふあ……〉

チェイシャは私の手から飛び出して甲板に着地しながらあくびをする。先ほどの笛は船が離れるという合図だったみたい。

「チェイシャちゃんはいつからあのダンジョンにいたんですか？　船を見たことがないということ

はかなり昔？」

　いつもの白いローブから装いを変え、水色のワンピースを着たフレーレが屈みこんで尋ねると、チェイシャはフレーレの胸に飛び込んで疑問に答える。

〈そういうわけではないのじゃ。わらわの国では必要なかったからのう〉

「国……？」

〈まあ気にするでない。それにしてもいい天気じゃのう〉

「そうね、晴れてよかったわ」

　アルファの町の近くには海に続く湖があり、そこからリゾート地であるヘブンリーアイランドまで向かう。ここから丸一日かかるので、船で一泊する形だ。

「うーん！　いい気持ち！　あら？」

　大きく伸びをしていると、視線の先に狼達がお座りしているのが見えた。

「きゅん……」

「がう」

「レジナ達は何してるのかしら？」

〈落ちたら助からないと言い聞かせておるようじゃ。お母さんも大変じゃて〉

「確かに落ちたら助ける方法がないわね。おいでシルバ、シロップ！　こっちで日向ぼっこしましょう」

「きゅん♪」

「きゅんきゅん♪」

私が呼ぶと二匹は喜んでこちらへ駆けてきて、レジナもゆっくりと歩いてくる。腰を落ち着けてフレーレと雑談をしながら日向ぼっこをしていると、おじいさんが声をかけてきた。服装を見ると船員さんのようだ。

「どうだい船旅は？　今日は天気がいいから波も静かだし、お嬢ちゃん達、運がよかったよ」

「潮風がすごく気持ちよくて、のんびりできています！」

私の返事に、おじいさんはうんうんと笑顔で頷き、話を続ける。

「ヘブンリーアイランドには遊びに行くのかい？」

「ええ、たまたまクジが当たって遊びに行くんです」

「いいのう。わしらも休息で降りることがあるが、海も砂浜もとてもきれいじゃ。美人なお嬢ちゃん達にピッタリじゃ」

「えへへ、そうですか？」

フレーレが照れていると、おじいさんはふと真顔になって言う。

「あの島は確かにリゾート地じゃが、まだ未開の部分が多くてな。開発が済んだ場所は問題ないが、それ以外の場所には近づかんことじゃ。ギルドで道を切り開く作業や、魔物退治。はたまた洞窟や森の探索などの依頼を出しておるくらいじゃからな」

「リゾート地なのにギルドってあるんですね？」

私が首を傾げて聞くと、おじいさんはポケットから煙草を取り出し、火をつけて紫煙を吐いてから喋り出す。

「開発には人手が必要じゃからのう。だからギルドを設置して冒険者をあちこちから募っておるようじゃ。遊びに来たお客に危険がないように配慮もしておるようじゃ」

魔物が出るなら冒険者がいないと危険だよね。まあ今回は遊びに行くわけだし、危険な場所に近づくことはないだろう。

私がそんなことを考えていると、おじいさんの口から衝撃的な情報が飛び込んできた。

「無人島だと思われていたが、どうやら人の暮らしていた形跡が見つかったらしい。人が掘った洞窟も見つかっていて、お宝があったという話もある。まあ、お嬢ちゃん達には関係ないかのう」

そう言っておじいさんは煙草をふかし私達の前から立ち去っていく。その後ろ姿を見ながらフレーレが呟いた。

「お宝……わたし達も依頼を受けて洞窟探検しますか？」

「なんでワクワクしてるのよ……。今回はダンジョン攻略の慰労！　だから全力で休むわよ！　レイドさんには申し訳ないけど」

「まあまあ、レイドさんならわかってくれますよ。お宝をお土産にしますか？」

うふふ、と笑うフレーレはお宝話に興味津々なよう。私もお宝に興味はあるけど、滞在期間中に見つかるとは思えないから遊び倒す方が先決かな？

その後、もちろん船旅は順調に進み、船の中で海の幸を使った食事を堪能した後、波に揺られながら眠りについた。

そして——

「着いたー！」

「がうがう！」

「きゅーん！」

「きゅきゅん！」

〈むう、まだ眠いのじゃ……〉

「チェイシャちゃんはわたしが抱っこしますね。うわあ、海がきれいですね」

下船した私達は海沿いを歩き、朝日を浴びながら宿に向かう。フレーレの言う通り海はとても澄んでいて、ここで泳いだらさぞ気持ちよさそうだ！　気温も暖かいし、絶好の海水浴日和ね。

「先に泳ぎます？　チェックインは夕方までに行けばいいみたいですけど」

「……なんとなく忘れそうな気がするから先に宿に行くわよ。ここまで来て野宿は嫌よね、フレーレ」

「は、はい」

私の気迫に押されたフレーレと一緒に、宿に向かう。到着した宿は、宿とは言いがたい豪華なホテルだった！　もっと民宿みたいなのを想像していただけにフレーレと共に呆気にとられる。

「お、おはようございますー……」

中に入るときれいなロビーが目に入り、若干委縮してしまうが、すかさずホテルの従業員が声をかけてきた。

「おはようございます！　お早い到着ですね。あら、ワンちゃん達もご一緒ですか？　ではお部屋はペットと同じ部屋ということでよろしいですか？　でしたら一泊銀貨六枚になります！」

　お高い！　しかし今の私には魔法のチケットがある……！

「えっと、これでお願いします」

　受付カウンターに案内されたので封筒からチケットを二枚、女性従業員に渡すと真剣な顔でじっとチケットを睨む。

「……あの？」

「……ふむ、エクセレティコ王国のチケットですね、確認いたしました！　いやあ、偽物を作ってくる輩もいますので、きちんと鑑定をしないといけないんですよ。それではお部屋へご案内いたしますね。あ、ワンちゃんもそのまま入ってきていいですよ。ペット連れのお客様用のお部屋がありますので」

「ありがとうございます。よかったわね、みんな」

「がうがう」

「きゅん！」

「きゅきゅん」

〈コ、コンコン……〉

　抱っこされたままのチェイシャが妙な声を上げていたけど、従業員さんは気に留めなかったようだ。

「ごゆっくりどうぞー。夕飯は十九時で、お部屋にお持ちします。その時間までには部屋に戻っていただけると非常に助かります」

「はい！　楽しみですねえ……」

フレーレがうふふと目を細めて夕飯に思いを馳せていると、従業員さんは微笑みながら出ていった。ご飯も楽しみだけど、ここはやっぱり……

「それじゃ、早速海に行きましょう！」

「そうですね！」

〈わらわは行かんぞ。まったく強欲の魔神が海ではしゃぐなどありえんわい〉

私達が水着に着替えていると、チェイシャが悪態をついて丸くなって寝ていた。魔神は関係ないと思うんだけど……

それはともかく遊ぶぞと、水着に着替えて海へと向かった。

そして——

「うひゃあ、気持ちいいー！」

「それ！」

バシャ！

「あ、やったわね、フレーレ！　えい！」

「きゃあ！　あはは！　楽しいですね！」

「最近ずっと戦ってばかりだったから、たまにはね。シロップに感謝だわー」

「きゅん……きゅん……」

当のシロップは浅瀬でぱちゃぱちゃと犬かきをして泳いでいる。シルバはヤドカリをおもちゃにして砂浜で遊び、レジナは大人しく寝そべって子供達の様子を見ていた。

そんな中――

〈にょほほほ！　冷たいわい！　これは気持ちええのう！　ほれシロップ、追い抜くぞ〉

「！　きゅんきゅん！」

あれだけ嫌そうにしていたチェイシャが海で一番はしゃぎまくっている。

「結局遊ぶんじゃない。意地を張らなきゃいいのに」

〈なんじゃー？　聞こえんぞー、ふぉっふぉ……がぼごぼ!?〉

「ふっ、成敗」

「ああ、チェイシャちゃんが!?」

とまあ、初めての海水浴だったけど楽しく遊べていた。このヘブンリーアイランドは南の島だけあって気温が高く、海に入るくらいがちょうどいい。

「ふう、はしゃぎすぎちゃいましたね！」

「休憩する？　シロップの面倒ありが、と、ね……」

シロップと泳いでいたフレーレが、浜辺へ上がってきた。彼女に声をかけるが、どうしてもある一点に目がいってしまう。

「フレーレって着痩せするタイプよね……」

「？　なんですか？」

ローブと同じく白色のワンピースタイプの水着がよく似合ってる。

でも、どことは言わないけどとても大きいので、フレーレにはビキニの方がもっと似合いそう。

しかし、少し前にデッドリーベアにやられた背中の傷を隠すため、しっかりと肌を隠すタイプの水着を買っていた。

曰く『遊びに来ている人が自分の傷を見て嫌な思いをしなくていいように』とのこと。

そんなことを考えていると、フレーレが私の水着を見て呟く。

「そういえばルーナの水着、可愛いですね。わたしもそういうのにすればよかったです」

「ありがとう。でも実はちょっと子供っぽいかなって思ってるんだけどね」

私はフレーレの逆で胸に傷があるため、胸元を隠す水着にした。寝間着のような水着なのですごく可愛いんだけど、デザインがやや子供っぽいかな。

「まあ、誰かに見せるわけでもないからいいんだけどさ」

「レイドさんが来れば見てもらえたんですけどね」

「え!?　フレーレ、もしかしてレイドさんのこと……」

ダンジョンで一緒だったたし、頼りになるからそれもあり得る……い、いや、別にフレーレが誰と付き合ってもいいじゃない……アントンの件で嫌な目にあったし、それでも好きな人ができるなら祝福してあげるべき……と勝手に妄想を膨らませていると、フレーレが首を傾げて私に言ってきた。

「え？　男性の意見も聞きたくないですか？」

「あ、ああ、そういう意味ね！」

「？」

私のピンク色をした妄想など知る由もなく、フレーレはにこっと笑ったまま首を傾げて私を見ていた。ちょっと恥ずかしくなったので、話題を変えることにする。

「それにしてものんびりできていいわね。人は多いけど、浜辺が広いからレジナ達がいても気にしないで使えるし」

「シロップのおかげですからね。よしよし♪」

「きゅきゅーん♪」

フレーレが背中を撫でると、シロップは嬉しそうに濡れた体をぶるぶる振って水を飛ばす。

「もうひと泳ぎする？」

「そうですね、わたし泳ぐの苦手なので、もっと練習したいです！」

「きゅんきゅん！」

「ふふ、シロップが教えてくれるみたいよ？　ちなみに私は故郷にいる時、川でよく遊んでいたから教えられるかも」

「あ、ぜひ！　……おや？　あれはなんでしょう？」

早速海へ入ろうと思ったその時、フレーレが人だかりを発見する。目を凝らしてよーくみると、三人の男性が大勢の女性に囲まれているようだった。さらに目を細めて観察すると――

「三人ともイケメンね。それを狙って女の子達が取り合いをしている、そんなところかしら」

「よ、よく見えますね……。そういえば『恋人同士で幸せな休みを楽しむ』みたいな触れ込みがありましたし、デートするにはいいかもしれないですね。わたしにはしばらく無理そうですけど」

アントンの件がまだ尾を引いているらしく、困ったように笑うので、私も肩を竦(すく)めて口を尖らせる。

「ま、そこはお互い様よね。私もお父さんを養わないといけないし」

「そういえばそうでしたね。わたし達には彼氏なんて夢のまた夢ですねえ」

私とフレーレは遠巻きに人だかりを見ていたけど、すぐに飽きて海に入る。チェイシャは寝そべってレジナと一緒に波打ち際で休憩するようだった。そんな二匹を尻目にフレーレの手を取って泳ぎの練習を始める。

「そうそう、その調子よ、フレーレ！　あ、シルバ、気を付けなさいよ？」

「きゅん!?」

おっと遅かったみたい。浜辺でカニをおもちゃにしていたシルバがカニの反撃にあい、鼻を挟まれてしまったのだ。頭をぶんぶん振ってカニを振り払おうとするがカニは離れない。

「きゅきゅん！」

するとそれを見ていたシロップがカニを叩いて落としシルバの鼻を舐めていた。

「ふふ、シロップはお兄ちゃん大好きですね」

フレーレが微笑むとチェイシャが伸びをしながら口を開く。

〈くあ……流石(さすが)に疲れたわい……む！　おい、ルーナ、魔物じゃ！〉

「え⁉」

浜辺でチェイシャが叫び、その視線を追うと、

「きゃあああ！」

どこから現れたのか、大きな蛇のような魔物が先ほどの集団へ襲い掛かろうとしていた。

「フレーレ！」

「はい！」

私はレジナの首にかけていたマジックバッグからフレーレのメイスと自分の剣を取り出し、補助魔法を使う。

「《フェンリルアクセラレータ》《パワフルオブベヒモス》！」

スピードとパワーを上げて一気に近づき、蛇の背中へ剣を振り下ろす。

シャアアア⁉

一瞬、跳ね返されるような手ごたえを感じたけど、補助魔法のおかげで傷を負わせることができた。

「逃げて！」

「わ、わかった！」

私が叫ぶと男女の集団は蜘蛛の子を散らすように逃げていった。蛇の注意も引いたから、標的は私になるはず！

「ルーナ！」

シャアァ！

「はっ！」

私の足に噛みつこうと蛇が身を躍らせて襲ってくる。それをかわしながら頭を切り裂くと、血がしたたり落ちた。少し浅かったかと間合いを離した瞬間、

「《マジックアロー》！」

シャアァアァ⁉

フレーレの放った魔法の矢が、蛇型の魔物にブスブスと刺さる。魔物は苦しみながらのたうち回った。

「ちょっと動きが鈍った、今ね！」

「わたし、頭を狙います！　やあ！」

私の剣が大蛇の胴体を切り裂いて真っぷたつにし、フレーレのメイスが頭へ直撃！　蛇は少し痙(けい)攣(れん)した後、ピクリとも動かなくなった。デッドリーベアやダンジョンで経験を積んでレベルが上がったせいか、ふたりでもしっかり倒せた。

「ふう……」

「マジックバッグに武器を入れておいてよかったですね。皆さん、無事みたいです」

「まったくだわ。それにしてもこんなのが出るの？　おちおち海にも入れない気がするんだけど……おや？」

突然のアクシデントに憮然としていると、遠くから軽装備をした人達が走ってきた。

「魔物が出たと聞いて急いで来たが、倒されていたか。君達が？」

褐色肌の男性が武器を持っていた私達を見て尋ねてきた。

「あ、はい。皆さんが危なかったので私達が倒しました」

私がそう言うと、彼は頭を下げて一度口を開く。

「すまない、ご協力感謝する。我々はアクアステップの騎士団。浜辺の警備を担っているのだが、今回は間が悪い時に現れたようだ」

「警備範囲が広いから大変ですね」

すると騎士団の人が私の顔を見た後、フッと笑いながら言う。

「そう言われると、ありがたいな。いつもはもっと早く来いと罵倒されることが多いからな」

「監視する人数が足りないのでは……？」

フレーレが尋ねる。

「それは否めない。でも海に魔法障壁を作ろうとか、ギルドで冒険者を警備として雇おうといった案が出ているから、今後はもっと安全に遊べるはずだ。さて、それはともかくこいつを倒した報酬を用意しておくから、ギルドで受け取ってくれ。名前は？」

おや、これは思わぬ収入。

「えっと、ルーナと言います」

「わたしはフレーレです」

「きゅんきゅん！」

「ルーナにフレーレだな。それと狼？　君達が飼っているのか？」

「ええ、腕輪もついているんで退治しないでくださいね！」

「覚えておこう。みんな、散ってくれ」

彼が合図をすると、同じ騎士団であろう日焼けしている人達は去っていった。

「では私もこれで」

話をしていた男性も蛇の死体を引きずりながら浜辺を出ていく。

「騎士も大変ねえ……」

「ですね……」

〈まあ、騎士とはそういうものじゃ。国のためや命令で働く者じゃからな〉

と、チェイシャが知ったようなことを言い、また浜辺に静けさが戻った。

その後は何事もなく、すっかり遊び疲れた私達はホテルに帰り、お待ちかねの夕食タイム！

テーブルにはエビやカニ、アワビなどの普段お目にかかれない食材がずらりと並び、

「くぅーん♪」

と、レジナがあまり普段は聞けない鳴き声を出すくらい満足のいく夜を過ごすことができた。

「これは贅沢だわ……自分のお金だといくらかかるかわからない……」

「そうですねえ……もうわたし食べられません……」

食べ過ぎでぐったりしたりして、海での疲れもあって即就寝。狼達も小屋とは違うふかふかな毛布の上で丸まっている姿に癒された。

そして翌日――

私は早朝からみんなを引き連れて磯へと向かっていた。

「さあて、今日は釣りよ！　海釣りは初めてだから楽しみね！」

「わたし、釣りそのものが初めてなので緊張します……！」

今日は私の趣味である釣りを堪能しようと、砂浜から離れて磯辺に来ていた。昨日はかなり体を動かして遊んだから、体を動かさない釣りは体を休めるのにちょうどいいのだ。

「きゅん……！」

シルバが伏せの態勢でじっと海を凝視し、浮きが上下するたび、たまに鳴く。

獲物が来るのをじっくりと待つ狼の本能かわからないけど、狩りみたいな雰囲気を出していた。

逆にシロップは興味がないのか、私の横で寝そべって日向ぼっこをしていた。

〈ふあ……〉

「がう……」

「むむむ……あ！　き、来ました！」

釣りを始めてしばらくすると、フレーレに当たりが来る。

だけど、

「ああー、また餌だけ取られましたぁ」

と、釣れる気配はなかった。まあ初心者だし、難しいよね。

そして私にも当たりが来たので、お手本を見せる。

「ふふ、引いてもすぐに釣り上げようとしちゃダメなのよね。暴れさせて疲れたところを……」

　バシャ！

「吊り上げるのよ！」

「きゅん！」

「ふえー凄いですねぇ」

　ビチビチと暴れる魚をシルバが押さえて遊ぶ。それを見たフレーレが、パチパチと手を叩いていた。

　釣れた魚は魚屋さんでもよく見る〝オツカレサンマ〟。脂がのっていて美味しい魚である。そして一匹目を釣ってから急に食いつきがよくなり、どんどん釣っていく私！

「やっぱり海はいろいろ釣れるのね、楽しいわ！」

〈むぐむぐ……鮮度はいいが、やはり調理をした方がいいのう〉

「がうがう……」

「あ！　そのまま食べてる！　これギルドに売りに行くんだからダメよ」

　チェイシャとレジナが仲良くお魚をかじっていたので叱り、シルバとシロップが真似しようとしたのでお魚はマジックバッグへと入れた。

〈わらわは強欲の魔神じゃもの。好きな時に好きなものを食べるのじゃ〉

「じゃあ、今食べたからお昼は抜きでいいわね？」

〈ごめんなさいなのじゃ〉

「早いですね、チェイシャちゃん」

あっさり折れたチェイシャに苦笑しつつしばらく釣りを続けていた。その後お昼を回ったので、ホテルに帰って昼食を食べた。

やはり海鮮メインのご飯に満足した私達は少し休憩し、釣った魚を売るためギルドへと向かう。

アルファの町みたいに買い取ってくれるか不安だけど、それなら自分たちで消化するつもりだ。

実のところ、ここに来たのはほかのギルドも見てみたいと言うのが本音だったりする。

「すみませんー。お魚の買い取りをお願いできますか？」

「こんにちは。ヘブンリーアイランドのギルドへようこそ！　お魚ですか？　えっと、依頼はありますから大丈夫ですよ。拝見しても？」

日に焼けたポニーテールの職員さんがにこっと笑い、査定テーブルへ案内してくれた。私はギルドカードを見せ、いくらでも入るマジックバッグからごっそりお魚を取り出し並べていく。

「こ、こんなに!?　少々お待ちください……モチアジ、ハラノナカマックロダイ……」

職員さんの査定が終わるのをテラスで待っていると、別の職員さんが声をかけてきた。

「ルーナさんですね？　お待ちしておりました」

「はい？」

なんのことかわからず生返事をすると、私とフレーレのテーブルに布袋を置いて話し始めた。

「昨日、シーサーペントを倒しましたよね？　ギジェさんから話は聞いています。こちらが報酬です」

なんだっけ……？　シーサーペント……蛇……あ！

「あ、あー！　そういえばそんなことがあったわね！」

「わ、わたしも海で遊ぶのが楽しすぎて忘れてました⁉」

そういえば報酬を用意しているから取りに来てくれ、と言っていた気がする。私達が困った様子で顔を見合わせていると、職員さんが話を続ける。

「あ、そうだったんですね。当日に来ないのでおかしいなと思っていました。では、こちらに渡したという署名をお願いします」

「あ、はい」

さらさらと用紙に署名をすると、にこやかにそれを持って受付へと戻っていった。

「銀貨七枚に銅貨八枚ですね」

「それはフレーレが使っていいよ。聖堂の修理代を出したからダンジョンで稼いだ分、なくなったんでしょ？」

「え、でも……」

「まあまあ、いいからいいから」

銀貨七枚はそれなりの大金だし、お父さんへの仕送りもある私としてはありがたいけど、孤児院と教会に寄付をしているフレーレの金銭事情を考えると、ダンジョンでの稼ぎが残っている私よりはフレーレに使ってほしい。

「ありがとうございます、ルーナ！　帰ったらしょうが焼きを奢りますね！」

「あはは、それじゃあまり意味ないじゃない」

他愛ない話をしながらお魚の査定を待ち、途中フルーツジュースを注文してシルバ達と遊んでいると、入り口からガチャガチャと装備の音をさせながら冒険者が入ってきた。

「森へ入る許可が欲しいんだけどいいかな？」

「あ、はい。ではこちらの依頼書に署名をお願いします」

声がする方にチラリと目を向けると、男性三人組のパーティが受付で依頼を受けていた。船でおじいさんが言っていた森の探索かな？　その中のひとりが私達に気づいて笑顔で声をかけてきた。

「あ、君達！　昨日はありがとう！」

「？」

私達は首を傾げていたが、あとから来たふたりの顔をじっと見て思い出した。

「あ！　女の子に囲まれていたイケメン達」

「ああ」

まったく興味がない感じでフレーレがポンと手を打つと、最初に話しかけてきた男性が私の手を取って笑いかけてきた。

「そう！　思い出した？　俺はリュゼ。イケメンだなんて嬉しいね」

「あの時は助かりました。私はライアー。私達三人も見ての通り冒険者なんだが、あの時はバカンスを楽しんでいて装備がなくてね。申し訳ないけど逃げさせてもらったよ」

メガネの男性がそう言いながら頭を下げる。軽薄そうな感じがしたけど、意外としっかりしているのかな？　そして最後にリーダーらしき人が声をかけてきた。

「それにしてもふたりの戦いは見事だった。ここで会ったのも何かの縁、どうだろう、その腕を見込んで依頼を一緒に受けてもらえないだろうか？　あ、俺はクルエルという。よろしくな」

「依頼って……今受けていた森の？」

「そう！　探索だよ！　どう？　……ここだけの話、お宝のある遺跡があるらしいよ？」

後半はリュゼさんが人目を気にしながらこそこそと話し、続けてライアーさんも声を潜めて言う。

「人数が増えれば取り分は減るものの、安全は格段に上がる。昨日の戦いを見る限り、信頼に足ると思った」

「ルーナ、どうしますか？」

フレーレが私の袖を掴んで聞いてきたので、私は腕組みをして考える。

うーん、せっかくバカンスに来ているんだし、お仕事は……それに男性ばっかりのパーティはちょっと怖い。申し訳ないけど断ろうか。

「すみません、今回はバカンスで来たので依頼はちょっと止めておこうかなと思います」

「そう？　お宝で遊んで暮らせるかもよ？　美味しいもの食べ放題、好きなもの買い放題！　行こうよ！」

「う、うーん……」

リュゼさんの押しがすごく、私が困っていると、チェイシャが首元に巻きついてきてぼそぼそと話しかけてくる。

〈お宝、よいではないか。行こうぞ？　美味しいもの食べ放題……油揚げ食べ放題……何、危険があれば強欲の魔神であるこのチェイシャが守ってやるわい！　じゅるり〉

「その体で何ができるのよ……仕方ないわね」

　チェイシャの強欲が発揮され、私は渋々リュゼ達へ笑いかける。

「わかりました。でしたら今日だけお供させてください」

「お、本当！　それは助かるよ！　それじゃ早速手続きをしよう」

　魚の査定が終わった後、クルエルさんと受付へ行って依頼の登録を済ませると、カバンから装備品を取り出し、別室で着替えて出発した。

　ギルドを通して契約しているので、彼らが下手な行為に出ないと思いたい。まあ、アントンみたいなのは早々いないかな？

「いやあ、女の子がいるのは華があっていいね！」

「無理を言ってすまなかった。損はさせないよう頑張るとするよ」

「ううん、大丈夫ですよ！　お宝があったら山分けしましょうね」

「ははは、そうだな！　っと、ここから森だ、慎重にな」

「はい。レジナ達はフレーレについてね」

　私達はクルエルさん達の後ろを歩き、森の中へと足を踏み入れる。せっかくだから一攫千金（いっかくせんきん）を狙いたいわね！

第二章

——森に入ってからしばらく進むも、周りは草木ばかりで同じような景色が続いていた。汗をぬぐいながら私はポツリと呟く。

「本当に未開の地って感じがするわね」

「そうですね、道らしきものがないですし」

ガサガサと草むらを剣で払いながら進む三人の後ろでフレーレと喋っていると、ライアーさんが口を開いた。

「ふたりとも怖がっている感じがないな。頼もしい限りだ」

「こういう森に入ると、ビビるヤツは男も女も関係ないんじゃない？」

リュゼさんが笑いながらそんなことを言う。

「最近は女性冒険者も多いですからね」

「……まあ人それぞれだ。それにしてもこの辺りは一段と鬱蒼（うっそう）としているな」

「ここに来るのは初めてなんですか？」

私が尋ねるとクルエルさんは前に進みながら答えてくれる。

「いや、実際は二回目なんだ。森は手付かずでこの有様だろう？　この依頼は手の入っていない場所を適当にスタート地点として決めて、まっすぐ進んで地図と道を作るんだ。で、途中何かあればギルドに報告、というのを繰り返して森の調査を進めている」

なるほど、基本的にまっすぐ進むだけでいいんだったら楽かも。これで金貨三枚なら確かにおいしい依頼だわ。裏がなければ、だけど。

「この森って広いから足場を作るだけでも大変なんだけどねえ。さっき俺が言った遺跡もあるってことはわかっているんだけど、場所までは詳しく調べられなかったからこうやって足で探しているんだよね」

と、リュゼさんが言う。どうしてこんなことを三人が知っているのかというと、この島の開発を進めているアクアステップの出身らしく、図書館で見つけた文献で知ったとか。

で、文献によると『この地に災害が起きた際、若い娘を生贄（いけにえ）にして神様の怒りを鎮める儀式』というのがあったそうだ。今探している遺跡はその生贄（いけにえ）を捧げるための祭壇だったとか。

「まだ遺跡は見つかっていないし、情報を知っている人間も多くないから急いでいるんだよね。というか若い娘を生贄（いけにえ）とかもったいないねー。ね、ふたりは彼氏とかいるの？」

そう言いながらリュゼさんが私達の方へ振り向いたその時だ！

ガウア！

「がう！」

大きな牙を持った猫のような魔物が草むらから飛びかかってきた！　リュゼさんに噛みつこうとしてきたみたいだけど、間一髪でレジナがそれを阻止していた。

「ブレードタイガーだな。しかし一頭だけなら……」

ライアーさんが驚きながら戦闘態勢に入るが、さらに茂みから二匹のブレードタイガーが姿を現し、威嚇(いかく)をしてきた。

グルルル……

ガァァァァ！

「三頭か、少し面倒だな。だけど今日はルーナさんとフレーレさんがいるから問題はなかろう。行くぞ！」

クルエルさんが剣を抜き、ライアーさんが槍を構えると、リュゼさんは木に登り弓に矢をつがえて放つ。

「お見事ってね！」

グァァァァ！

リュゼさんの矢が足に刺さると怒りの咆哮(ほうこう)を上げるブレードタイガー。そこで膠着(こうちゃく)状態だった場が動き、戦闘が始まる。

「はあ！」

まずはクルエルさんが自分に近いタイガーを狙うが、素早い動きでかわされてしまう。

その隙を見て、残った二頭が飛びかかった。そこへライアーさんのフォローが入り、一頭をクルエルさんから引き離していき、クルエルさんはもう一頭を相手に剣を振りかざす。

「とああ！」

グァァァ！

ガキン！

力では勝っているけど、タイガーは素早く、確実なダメージを与えるのが難しいみたい。

クルエルさんの攻撃をかわしたタイガーがリュゼさんの矢を回避しながらふたりの隙を虎視眈々と狙っている。

私はフレーレに合図し、補助魔法を使ってからその一頭へと向かう。

「フレーレ、足元に攻撃よろしく！　《ストレングスアップ》！」

「はい！　《マジックアロー》！」

ドン！

グルァ！

私達が攻めてくるとは思っていなかったのか、マジックアローの爆発に驚くタイガー。

「こっちよ！」

そこへ私の剣がタイガーに迫る。しかしタイガーは器用に剣を前足で打ち払った。

「いい勘をしているわね、でも――」

「がう！」

グゲェ!?

そこで草むらに隠れていたレジナが喉元に噛みついた。レジナの牙から逃れようとタイガーは頭を振るものの離れず、メキメキと嫌な音を立てて血が噴き出していく。

「やあ！」

ビシュ！

ギャオウ！

「痛っ！　やったわね！」

レジナに噛みつかれているタイガーの顔を切り裂くが、反撃をされて私の顔を軽く引っかいた。

だけど私は気にせず前に出てさらに攻撃を続ける。補助魔法をかけたレジナの噛みつきもさらに力を増していく。

「がうううう」

ついにレジナがタイガーを地面に叩きつけた！

「チャンス！」

ズシュッ！

レジナが引きずり倒してくれたおかげでタイガーの眉間を貫くことができ、剣を引き抜くと地面にじわりと血が広がる。

「残りは！」

ヒュ！

グォオオオ！

「まだ元気だな！　はあああ！」

体に何本も矢が刺さったタイガー。それでも元気に飛びかかってくる。攻撃を槍で牽制（けんせい）し、タイガーの肩や足へ攻撃を当てていると、ほどなくして動きが鈍くなった。

「もらった！」

動きが鈍ったタイガーは、焦って飛びかかるもお腹を串刺しにされ絶命。一息ついたライアーさんの顔には、鎧に覆われていない部分にいくつかの引っかき傷があった。

ドサッ……

「ふう……」

何かが倒れた音がしたので、そちらを見ると、クルエルさんも最後の一頭を仕留め、冷や汗を拭っているところだった。

「いいね、ふたりとも！　上から見ていたけどバッチシじゃん！」

「ありがとうございます。リュゼさんの弓もお見事ですね。《ヒール》」

木の上から降りてくるリュゼさんに声をかけられ、それに返事をしながら私とライアーさんを回復するフレーレ。

「やはり回復があると助かるな……。こいつは安全なところから矢を射るだけだからいつもケガをするのは俺達ふたりなんだよ。君達を連れてきてよかった」

ライアーさんが珍しく笑いながらそういうと、

「俺は近接戦闘をしない主義なんだよ！」

リュゼさんが口を尖らせ、不機嫌に言う。その様子にみんなで笑う。

「狼もすごかったな」

「……がう」

レジナは撫でられるのが嫌なのか、ぷいっとそっぽを向いて私の後ろに隠れてしまう。

「おっと、嫌われたかな？」

「お前の顔が怖いんだよ！」

リュゼさんがライアーさんにさっきの反撃をして睨み合いになり、クルエルさんが肩を竦めてそれを諫めていた。

うん、男の人ばっかりで大丈夫かなと思ったけど、とりあえず問題なさそうね。これでお宝が見つかればパーティを組んでよかったかも。

というか……

「チェイシャも働きなさいよ」

〈あのくらいは脅威ではあるまい？　わらわを倒したお主らならいけると思ったのじゃ〉

むう、しれっと減らず口を……まあいざとなれば上級補助魔法があるし、なんとかなるか。

「ルーナ、行きますよー」

「きゅんきゅん」

「きゅん」

「あ、待って、今行くわ！」

さて、それじゃ遺跡を探すため、目を皿のようにして歩きましょうかね。

◆◇◆

少し時間は遡り――

「おえええ……」

「大丈夫か？」

「問題ない……おえっぷ……」

レイドとフォルティスは予定通り、ルーナ達が出発した次の日の船に乗ることができていた。だが見ての通り、フォルティスは船酔いですでにグロッキーだ。

「ほら、酔い止めの薬だ」

「う、うむ……すまんな……というかすごい荷物だな」

「魔王討伐の旅をしている時は、海に立ち寄ることも多かったから、怖さはよく知っているんだ。毒を持った魚に刺された時の毒消しや、包帯といった救急セットが主だ。フレーレちゃんが一緒だから問題ないと思うけど、念のためな」

「鎧まで装備して、お前は一体何と戦うつもりなんだ？　おえ……」

フォルティスはバカンスではなく、完全に冒険者としてついてきたレイドに呆れながら吐き気をこらえる。

「海の魔物に襲われることも少なくないからな。着替えは持ってきてあるから大丈夫だ。向こうで着替えてもいいだろ？」

「まあ……そうだが……ふう、ふう……わ、私は部屋で休んでいるから、何かあったら呼んでくれ」

「無理するなよ？」

レイドが言うと片手を上げて階段を下りていくフォルティス。それを見送った後、レイドは船壁に背を預けて、

「そういや妹のセイラも船は苦手だったっけなあ。さて、不本意とはいえ、休みは休み。ゆっくりさせてもらおう」

そう呟き、レイドは久しぶりにのんびりとした表情で懐（ふところ）から本を取り出してくつろぐ。


翌日、レイドとフォルティスの乗った船がヘブンリーアイランドに到着した。

「ふう、着いたな。結局部屋から出てこなかったなあ、ずっといい天気だったのにもったいない」

「ぐぐ……そ、そんな余裕があるものか……ふう、地上はいいな……」

レイドが肩を貸して下船するとようやくフォルティスが落ち着きを見せ、ふらふらした足取りながらも歩き始めた。

「い、行くぞ、レイド！　確かルーナ達が泊まっている宿はこっちだ」

「荷物は俺が持つよ。……ふう、気持ちいい風だ……」

ふたりはルーナ達も通ったホテルへ続く道をのんびりと歩いていく。宿に到着すると、船酔いから幾分回復したフォルティスが扉を開けて受付にいた女性へ声をかける。

「すまない、ふたりだが部屋は空いているか？」

「二名様ですね、お部屋のグレードはどうなさいますか？」

「そうだな……。ここにルーナとフレーレという女性が泊まっていると思うが、そのふたりと同じグレードでお願いできるか？」

　すると女性従業員がにこやかな表情のままフォルティスに告げる。

「……お客様のプライバシーに関わることを申し上げることはできません。さらに言わせていただきますと、特定のお客様を探しているというお客様をお泊めすることはできませんね」

「な、なんだと⁉　ルーナ達とは知り合いだ、決してつきまといなどではないぞ！　なあ、レイド」

「ん。まあ、そうだな。ルーナちゃん達は抜きにして泊めてもらうことはできないかな」

「申し訳ありませんが、そういったお話をされたお客様はお断りさせてもらっております。冒険者の方でしたらギルドの寝台か、ほかの宿をご利用ください」

　完全に女性の敵として認識されたふたりは、早々にホテルを追い出されてしまった。

「くっ……まさかこの私が……」

「迂闊（うかつ）だったなあ。とりあえずこうしていても仕方ない、行こう」

「どうしてそんなに冷静なんだ、お前は！」

「いや、泊まるところはあまりこだわらないからさ。俺達は野宿が基本だろ？　だから部屋の中というだけでも、俺としては贅沢だと思ってる」

　確かに、とフォルティスも冒険者時代を思い出し、口をへの字に曲げて押し黙ると再び歩き出す。

「場所はどっちにするんだ？」

途中でレイドが尋ねるとフォルティスは振り向かずに答える。

「ギルドだ。ルーナが来ないとも限らないし、情報も入ってくるだろう」

「了解だ。ギルドに着いたらルーナちゃん達を探しに行こう。レジナ達が目立ってるだろうから、探すのは簡単だと思う。まあ浜辺よりも磯で釣りをしてそうだから、海沿いを探すのが一番早そうだけど」

レイドが歩きながらスラスラとそんなことを言い、フォルティスは後を追いながら不機嫌な調子で聞く。

「……やけに詳しいな。お前、やはりルーナのことを……」

「げほ!?　ルーナちゃんは妹みたいなもんだ。どうも放っておけないという意味では気になるけど」

「邪魔するんじゃないぞ」

「はいはい、そうするよ。上手くいけばいいけどな」

レイドは不機嫌な顔をしながら肩を竦めて呟き、ふたりは無言でギルドを目指すのだった。

タイガーを倒してからしばらく進むと、フォレストボアやクリティカルラビットといったアル

ファの町の近くにある〝近隣の森〟にも出るような魔物と何度か戦った。

「そろそろ陽が暮れそうですね……」

フレーレが心配そうに呟くと、クルエルさんが空を見上げて立ち止まった。草を分けながらの行軍のため、少しずつしか進めずみんな汗をかいて疲労困憊といった調子である。

「そうだな、そろそろ引き返すべきか。今日は魔物が多かったな」

「こういう日もあるさ。女の子がいるから野営は避けたい。すぐに戻ろう」

ライアーさんも同意し、引き返す算段が整ったところで、リュゼさんが目を細めて大声を上げる。

「お、おい！　あそこ！　あっちを見ろ！　もしかしてあれが遺跡なんじゃないか!?」

え!?　私は驚いてリュゼさんが見ている場所に目を向けると、木々や草むらの隙間から石でできた建造物らしきものがチラリと見えた。

「す、すごいです！　わたし達が発見したんですね！　い、行きましょう！」

フレーレが興奮気味に私の体を揺すりながら声をかけてくる。私は空を見て、残念だけど、と返す。

「うーん、陽も暮れ始めているし、今日は止めておきませんか？　場所はわかったから明日にでも――」

「いや、俺達が通ってきた道を誰かが使うかもしれない。そうなると誰か先に遺跡を探索してしまう。その前に一度遺跡内に入って調査をした方がいいと思う」

「でも夜にこんなところへ来る人はいないと思いますけど……」

私が渋ると、リュゼさんも身振り手振りをしながら私に告げる。

「戻るなら申し訳ないけどここで解散かな？　俺達は入ってみたいんだよね。お宝、欲しくない？」

〈欲しいのじゃ！〉

「ん？　今聞いたことのない声が……？」

〈（もがもが……お宝まであと一息じゃろ？　行くのじゃ、行くのじゃ）〉

「（ちょっと黙ってて！）」

「どうかしたかい？」

「い、いいえ、さっきの声、な、なんでしょうね？　あはは！　……お話はわかりました。いいでしょう、ここまで来たのを無駄にしないためにも行きます！」

「それでこそ守銭奴のルーナです！」

「なんですって⁉」

「い、いひゃいです！」

フレーレが変なことを言ったので頬を引っ張っていると、クルエルさんがスタスタと歩き出した。

「陽が完全に暮れる前に遺跡に入ろう。夜になると魔物も増えてくる」

「だな、四方から狙われるのはごめんだし」

その言葉にライアーさんとリュゼさんがにやにやと笑いながらついていき、フレーレも軽い足取りで歩き出す。

「どんな感じなんですかね！　わくわくします！」

「チェイシャのダンジョンで味をしめちゃったわね、フレーレ」

「お宝が手に入るならたとえ火の中、ダンジョンの中ですよ！」

〈フレーレはいいことを言うのう。うふふ、これで油揚げのステーキが食えるわい〉

「デッドリーベアに怯えていたフレーレが懐かしいわね。それにまだお宝があるって決まったわけじゃないんだけど……あ、待ってくださいー」

早足で遺跡へ向かう三人を追い、またも茂みをかき分け……ずに、どんどん進んでいく。

あれ？　この辺りは歩きやすいわね？

「見失いますよ、ルーナ！」

フレーレの声で我に返り、三人の背中を見ながら進んでいるとすぐに遺跡に到着した。

間近で見る遺跡は縦に長く、真ん中に階段が見えた。横幅はそれほど大きくなく、高さも木々とそれほど変わらないのでこれを見つけるのはかなり難しいと思う。正直、暗くなる前に見つけられたのはラッキーだったかもしれない。

「何か変な形ですね」

「まあ生贄を捧げるためのものだし、そんなものじゃないか？　地下が広いとかさ」

「入ったらわかるさ。行こう」

中央の階段を上ったところに入り口があり、扉もなくぽっかりと開いていた。ひとりが通れる程度の入口は遺跡というより牢獄のような印象を受ける。

「そういえば気になっていたんですけど、どうして生贄を捧げる遺跡にお宝があるんですかね？」

階段を上りながらふと気になったことを口にすると、ライアーさんがピタリと動きを止めて返してきた。

「……多分だが、隠すのに都合がよかったのだろう。生贄(いけにえ)の亡霊が出るとでも言えば、近づかないだろうしな」

「あー」

それはあり得るかもと納得して、私達も遺跡内へ足を踏み入れる。そこには真っ暗な空間が広がっていた。

《ライト》」

ポワッ。

フレーレの魔法で周囲が明るくなり、上を見上げると薄汚れた天井が目に入る。壁には見たこともない文字のようなものや、絵が描かれていた。

「中は遺跡って感じがするけど、生贄(いけにえ)を捧げるためだけだからか、あまり広くはないわね」

「俺が先に行くから、後ろを頼む」

「へいへいっと。ルーナちゃんとフレーレちゃん、後ろは任せてくれ。ほら狼も行きな」

「がう」

しんがりをリュゼさんが受け持ち、背後を警戒しながら通路を進んでいく。ダンジョンと違い通路は狭く、小柄なフレーレと並んで歩いているけど、肩がぶつかるくらいの幅しかない。

「ま、魔物が出たら怖いですね」

「はは。一網打尽にされるだろうからな。魔法を使う魔物が出ないことを祈ろう」

ライアーさんが笑ってそんなことを言い、私達は無言で進む。

カツン、カツンと足音だけが鳴り響く――

中をどれくらい歩いただろうか？　やがて広い部屋へと辿り着いた。

〈ここは……！〉

「ひゃ⁉　どうしたのチェイシャ？」

相変わらず私の首に巻き付いたままのチェイシャが耳元で声を上げてびっくりする私。

尋ねようと思ったが、台座を調べていたクルエルさんの言葉でそれは諦めた。

「ふたりともここを見てくれ」

「？」

クルエルさんに言われ、台座へ足を運ぶ私とフレーレ、それにレジナ達。何があるのかなと思った矢先にクルエルさんが台座から飛び降りた。

「よし、これでいい。やってくれ」

「あいよ！　恨まないでね！」

見ればリュゼさんとライアーさんは台座の下で待機したまま、リュゼさんがクルエルさんの言葉を受けて嬉しそうに、壁の石を押した。

ガコン……

「ちょっとどういうこと――」

「きゅん⁉」

「がう⁉」

「ふえ⁉」

ヤバイと思って台座から飛び降りようとした瞬間、私達の足元がパカッと開き、深い闇の中へと落ちていく。

「ククク、お宝の部屋を開けるにも生贄が必要なんだ。ここに来たのも初めてじゃないのさ。ま、騙された――」

ライアーさんの言葉は最後まで聞けなかったがどうやら騙されたらしい。パーティを組んでよかったなんて少しでも思った過去の私を殴りたい！

そしてフッと意識が遠くなった。

◆　◇　◆

「いなかったではないか……」

「まあ、島は広いし、別の場所で遊んでいるのかもしれない。どうする？　まだ探すか？」

「いや、そろそろ陽も暮れるし、ギルドへ戻ろう。船酔いの後遺症がまだ残っていてな……」

レイドとフォルティスはギルドで部屋を借りるとすぐにルーナ達を探しに島を歩きまわったが、浜辺や海、磯辺などへ足を運ぶも見つからなかったのだ。

「磯釣りかと思ったけどいなかったなあ。フレーレちゃんと一緒だから釣りはしないのかな、流石に」

「明日は朝からホテル前で待つぞ。夜は嫌な予感がする」

フォルティスは従業員に目をつけられたし、夜に待つのは不審者っぽい。確かに夜は止めた方がいいだろうなと、レイドは冷静に考えながらギルド内にある食堂を目指していた。

せっかくだしビールとから揚げで一杯やるか、などと思っていると、職員が話している声が耳に入る。レイドはいつもの癖で耳を傾けた。

「――まだ戻ってこないのか？　不慣れな冒険者を連れて行ったから、無理はするなと言っておいたんだがな……」

「救援を回しますか？」

「そうだなあ。ブレードタイガーやパライズリザードがいるから野営は危険だし、もう少し待って戻ってこないようなら派遣しよう」

そこまで聞いてレイドは肩を竦めて呟く。

「依頼から帰ってこない冒険者か。まあ、時間通りに帰ってこられる冒険者なんてそう多くないし珍しい話でもないか。酒でも飲んでのんびりしよう、フォルティス」

「そうだな。今日は少しくらいなら飲めそうだ」

再び歩き出そうとしたが、次に聞こえてきた会話にレイドは驚愕する。

「そういやあのイケメン達、狼を連れたお嬢ちゃんを連れて行ったっけ。魔物の餌になってないといいけどなあ」

『狼を連れた』と聞いてギクリとし、慌てて職員へ声をかけるレイド。

「ちょっと、すみません」

「ん？　なんだ？」

「今話していた狼を連れた女の子ですが、狼は親子で三匹。首にスカーフを巻いていませんでしたか？　女の子は黒くて長い髪。で、もうひとりは金髪の子では？」

「確かに狼はでかいのと小さいのがいたっけ。シルバーウルフがあんなに懐くなんて珍しいから覚えていたよ。あんた知り合いかい？　イケメンな男達に森の探索へ同行を頼まれて連れて行かれたよ」

職員がそう言って笑うと、レイドはすぐに質問をする。

「依頼……そのイケメンというのは？」

「え？　ああ、昼くらいまでは浜辺で遊んでいるようだけど、昼過ぎから依頼を受けに来る変わった連中でな。そいつらがお前さんの言うお嬢ちゃん達を連れて行ったんだ。昼過ぎに出るなら陽が落ちる前には帰れるルートをお願いするんだが……いつもならこの時間には帰ってくるのに、今日はまだ戻ってきていないんだ」

ダンジョンでルーナとはぐれた時のことを思い出して胸がざわつくレイド。職員の肩を掴んで声を上げげた。

「どこへ行ったか教えてくれ！」

「お、おう。ならギルドカードを見せてくれ。身元が怪しいやつに他人の依頼を……」

「これでいいか！」

レイドは叩きつけるようにギルドカードを渡すと、職員が目を見開いて叫ぶ。

「ゆ、勇者レイド⁉　マジか、なんでこんなところに……」

「身分は問題ないだろ？　頼む」

あまり好きではない勇者という肩書きだが、こういう時は便利だとレイドは思う。そしてすぐにギルド職員が地図を開いて伝えてくれた。

「あ、ああ、この地図だとこの辺の森を探索しているはずだ。見ての通り、この辺りはまだ作成中でな、ここを埋めてもらう感じで依頼をかけている」

「ありがとう」

ぐっと剣の柄を握り、ギルドを出ていこうとするレイドをフォルティスが止める。

「ま、待て、レイド！　私を置いていくつもりじゃないだろうな⁉」

「変な男達と一緒なら一刻を争う。道に迷っているだけとは思えないし、悪いが俺は行くぞ」

「ルーナにいいところを見せるつもりだな⁉」

どうしてそうなるとレイドは顔をしかめたが、構ってもいられない。フォルティスを置いてギルドを飛び出していった。

薄暗くなっていく道を走り、地図にあった森に到着した頃にはすっかり暗くなっていた。

「備えあれば、だな」

レイドはリュックからランタンを出して火を灯し、ゆっくり森へと入っていく。

「まったく、こんなにトラブルばかり起こされちゃ、うっかり目が離せないな」

妹や仲間と魔王討伐の旅をしていたころも仲間の無茶を尻拭いしていたなと、苦笑しながらレイドは調査場所へと向かう。

「この辺りか？」

急いで森の中へ入り、切り開かれている場所を走りながら呟くレイド。自分ひとりと五人パーティならそろそろ追いついてもおかしくないと速度を緩めたが、暗闇も相まって森の中で人間を探すのは困難を極める。

「闇雲に動くのは得策じゃないが……ルーナちゃん！　フレーレちゃん！　いたら返事をしてくれ！」

もし、ルーナ達が野営をしているなら早く見つけたいと、焦りながら進んでいく。

ガサッ……

「！」

すぐ近くで草を踏む音がしたのでレイドは剣を素早く抜いた。ルーナか、魔物か……左手に持ったランタンを音がした方へ向けると、

『ん？　こんな時間に森にいるなんて、ずいぶんもの好きもいたもんだね』

と、女の子の声が聞こえてきた。レイドは剣を下げずに質問をする。

「それはこっちのセリフだ。……こういう森には人をたぶらかす魔物がいるらしいな？」

『ボクが魔物？　こんな可愛い子をつかまえて言ってくれるね』

レイドは知る由もないが、ランタンで姿を現した人物は、チェイシャがいたダンジョンで暗躍していた女の子だった。そうとは知らないレイドは女の子に話しかける。

「こんな時間に迷子か？　危ないから戻った方がいい。あ、いや、一緒に行った方がいいか……でも……」

レイドがぶつぶつと独り言を言っていると女の子は笑いながら口を開く。

『ボクは迷子じゃない。こう見えてもめが……ゴホ、ゴホ……えっと、君は何をしているんだい？　ずいぶん焦っているようだけど』

なんだか歯切れが悪いなと思いつつ、もしかすると何か知っているかもしれないと、レイドは女の子へ事情を話す。

「……仲間がギルドで依頼を受けたまま戻ってこないので探している。地図だとこの辺りを探索していると思うんだが、見つからなくてね」

すると女の子は顎に手を当てて呟く。

『森は広いし、入れ違いで帰っているかもしれないよ？』

「もう少し行って何もなければ戻るつもりだ。女の子ふたり、もしくは男三人を見かけたりしなかったか？」

『ボクは見ていないね。この時間なら、もしかすると今から向かう遺跡で野営をしているかもしれない』

「そんなうまい話が……」

それに遺跡の話なんて聞いていないぞと、レイドが胸中で呟く。すると女の子は踵を返し歩き出す。

『まあ、ボクには関係ないか。仲間、見つかるといいね』

「あ、ああ」

レイドは曖昧に片手を上げて見送ろうとしたが、

「(遺跡が近くにあるなら、この子の言うことも一理あるかもしれない。入り口付近で待機している可能性もある。ここは連れて行ってもらった方がよさそうだ)」

そう決心し、レイドは女の子の後ろ姿に声をかける。

「すまない、少し焦って疑ってしまった。よかったら俺もその遺跡とやらに連れて行ってくれ。遺跡を探していなかったら戻る」

『いいよ。ついて来て』

顔だけ振り返った女の子が一瞬ニヤリと笑い、それだけ言って再び歩き出す。

「君はその遺跡になんの用で行くんだ？　それも暗くなってきているのに」

『野暮用だよ。あの遺跡には珍しいものがあってね』

「へえ、財宝でもあるのか？　それを知っている君はこの島に住んでいるのかな？」

『財宝か……。そうだね、人によっては財宝になり得るかもしれない』

「？」

意味がわからず眉を顰めるレイド。女の子は何も言わず突き進み、目的の遺跡へと到着した。

『ここだよ』

「いるといいけど……」

急いで階段を上り入り口を目指すと、女の子がおかしそうに口を開いた。

『いやあ、よほど心配なんだね。まるで恋人を心配しているようだ』

「こ……!?　そういうんじゃない。先に行くぞ」

『はいはい』

憮然とした顔のままレイドが遺跡に入り、後からニヤニヤしながら女の子が入ってくる。ランタンを掲げてレイドは大声で叫んだ。

「ルーナちゃん！　フレーレちゃん！　いたら返事をしてくれ！」

『ルーナ？　君が探している人物はルーナという名前なのかい？』

「ん？　ああ、そうだけど……おーい！」

『ふむ』

何かを考え始めた女の子に違和感を覚えたが、それどころではないとレイドは叫ぶ。

だが声は空しく反響するだけで、ルーナ達の返事はなかった。

「ここにはいないか……奥があるな、そこまで行ってみよう」

『……ボクも行こう』

ふたりは奥へと進み、例の祭壇がある広間へと足を運ぶ。

「ルーナちゃん！　フレーレちゃん！」

『ここにもいないようだね』

「そのようだ。ありがとう、俺は別の場所を探しに行くよ」

『気にしないでいいよ。ついでってやつさ。でも帰る前に少し「遊んで」いかないかい？』

「……そうだな、その『遊び』、俺も少し興味がある」

『それじゃこっちへ来てくれるかい』

「ああ」

レイドが女の子のもとへ歩いていこうとした瞬間、

「！　……そこだ！」

レイドはランタンを空中へ放り投げると、剣を抜いて背後に迫っていた影を斬った！

『そおれ！』

そして女の子も同様に背後に忍び寄っていた人物を殴り飛ばす。

ランタンの灯りで照らされた人物はルーナ達を罠にかけたクルエルとライアーだった。

「ぐああ⁉　いてぇえ⁉」

「馬鹿な！　この暗闇でどうしてわかった⁉」

「殺気が駄々漏れだ。それに気づけないようじゃ、冒険者なんてできやしない。で、お前たちは何者だ？」

「……」

「言いたくないならそれでもいい。同業を襲った事実は変わらない。ギルドに連れて行って処罰をお願いするだけだ」

ヒュン！

『おっと、危ない、《マジックアロー》』

ランタンを拾いなおすレイドに突如放たれた矢。女の子は咄嗟に魔法で矢を弾くと、直後に乾いた金属音が反響する。

カラン……

『そこだね』

ランタンを掲げたレイドのアシストで、矢を放ってきた人物、リュゼへ女の子が再度魔法を放つと、弓が粉々になって床に落ちた。

「うわ、ゆ、弓が！　くそ！」

「ふん！」

「ぐえ⁉」

弓をバラバラにされたリュゼが、ダガーを抜いて襲ってきた。だが、レイドが放った蹴りを腹に受けて膝をついた。

「ぐ……くそ、ルーナやフレーレにこんな強いやつが仲間にいるなんて……」

「ルーナちゃんだと⁉　……男達と一緒に出かけたと言っていたが、お前達のことか。ふたりはどこだ？」

斬られて悶絶するクルエルの前に膝をついて尋ねると、クルエルは脂汗をかきながら言った。

「は、ははは……残念だったな。あのふたりは生贄の祭壇に落としてやった後だ。あの祭壇の仕掛けを解くと隠し部屋に行けるんだ……そしてお宝は俺達の手に、ってわけだ。ははは！」

「……っ！　なら地下にいるのか、急がないと。……何をしているんだ？」

レイドが三人を手早く拘束する。その間、女の子が壁を触っていることに気づき声をかけるが、どこから取り出したのか、ポーションの瓶を投げながらレイドに答える。

『これでそいつらを癒しておくんだ。帰りに回収してギルドに突き出してやるといい。ここは特定の石を、順番に押し込むと――』

ゴゴゴゴ……

『生贄なんてなくても、隠し階段がある部屋へ行けるのさ。ああ、そうだ、戻ってくるまできちんと待っていてくれよ、君達。魔物の餌にならないとも限らないけど』

「う……」

ライアーが女の子の言葉に呻くが、それには構わずレイド達は現れた階段を駆け下りる。

「どこかで見たような迷路だな……」

『へえ？　どこでだい？』

「ああ、ガンマの町に出現したダンジョンだ。つい最近のことだからよく覚えている」

『へ、へえ、そうなんだ』

「どうした？　顔色が悪いぞ」

女の子はなんでもないと、首を振ってレイドの前を駆ける。闇雲に走っているのかと思えば、女の子は不自然なくらい迷わずに進み、どんどん階段を下りていく。

「邪魔だ！」

グォォォ⁉

「やはり魔物もいるか……急がないと。それはそうと、君はここに来たことがあるのか？」

『さあね？　ま、想像にお任せするよ』

女の子がそう呟いた次の瞬間、
きゃぁぁぁぁぁ！

と、それほど遠くないところで誰かの悲鳴が聞こえてきた。

「今のは！」

『どうやらまだ無事だったようだね。ボクはこっちに用事がある。仲間を見つけたら、すぐここを立ち去るんだ』

「なんだかわからないけど、おかげで助かったよ、ありがとう」

レイドはお礼を言ってから駆けだそうとしたが、女の子が笑いながら言う。

『ルーナを大切にするんだね』

「だから違う！　ああ、くそ、急がないと！　また会えたらお礼をさせてくれ！　じゃあな！」

女の子は剣を握りしめて走っていくレイドを微笑みながら見送ると、別の通路に足を踏み入れた。

そして表情を失くし、呟く。

『……遅かったか』

第三章

「きゅーん、きゅーん……」

「う……」

顔を舐められている感触で目が覚め、私はうっすらと目を開けた。視界は真っ暗だ。

「その声はシロップ？」

「きゅん！　きゅーん」

どうやら当たっていたようで、暗闇の中、ぐりぐりと顔を擦り付けてくる。狼は夜目が利くんだっけ？

「骨は折れてないみたいね」

とりあえず体が動くかをチェックして痛みがなかったので立ち上がる。結構な高さから落ちたのに無傷なのは、ぼうぼうに伸びた草のおかげのようだ。

「フレーレ……フレーレ、いる？」

きっと近くにいるはずと手探りで辺りを調べていると、

〈目が覚めたか。フレーレはこっちじゃ〉

「チェイシャ！　無事だったのね」

チェイシャの声が聞こえてきたと同時に、ボウっと青白い光をまとったチェイシャが現れ、足元には下敷きになったシルバが気絶して倒れていた。

「フレーレ！　シルバ！」

「う、ううん……」

よかった、意識がある。そのまま頬を叩くとフレーレはすぐに目を覚ました。

「あ、ルーナ。わたし達は……」

「あいつらの罠に嵌められて、落とし穴に真っ逆さまよ。痛いところとかない？　あと、シルバからどいてあげて？」

「ええ。あ、ごめんなさい、シルバ！　それじゃ念のため、《ヒール》」

私にも回復魔法をかけたあと、ライトで周囲を明るくしてくれた。周囲を見渡すと――

「狭い以外は特に何もないわね、天井は……流石に無理か」

壁に手をついて登っていけるかを考えてみたけど、それをさせないためか、壁と壁の間隔は取られていて上へ戻るのは困難なようだ。

「どういう場所なんでしょうか？　やっぱり生贄がここに落とされて殺されたんでしょうか」

不安げなフレーレが口を開くと、チェイシャが壁を叩きながら私達に言う。

〈ここは恐らく女神の封印がある場所じゃ。ここまで来てなんとなく察したわ〉

え!?　女神の封印ってまさか……

「チェイシャはそれで遺跡に行きたいって言ったの？」

〈……いや、遺跡に入ってから気づいたのじゃ。お宝で、美味しいものが食べたい欲の方が上じゃがな。ほれ、わらわのダンジョンにもお宝はあったじゃろ？〉

「それはそうだけど……でもここから脱出できないことには、お宝どころか私達が餌になっちゃうわ。ダンジョンの時と違ってレイドさんはいないし、私達がここにいることを誰も知らないからね」

「うう……」

ぶるぶると体を震わせて呻くフレーレ。しかしその時、

〈お、ここじゃな。ルーナ、この石を押してみてくれ〉

「え？　こう？」

ゴゴゴゴ……

「わ、開いた！」

「きゅーん♪」

壁が下へと降りていき、私達は通路のような場所へ出ることができた。

「脱出する仕掛けがあるとは思いませんでしたね！」

〈作ったのがわらわの主ならフェイクを仕掛けるじゃろうと思ってな。さ、行くぞ！　お宝を探すのじゃ！　美味しいもののために〉

「がうがう！」

「きゅきゅーん♪」

美味しいものと聞いてレジナとシロップも尻尾をぶんぶん振って大喜び。だけど、助かった私はふつふつと怒りが湧いてきた。

「いいえ、脱出が先よ！　あの三人に目にもの見せてやらなくちゃ！」

「ですね。ギルドに報告して絞ってもらわないと」

フレーレと私は頷き合い、仕掛け部屋から出て通路を進みだす。

チェイシャの言葉通り、ここはチェイシャのダンジョンに雰囲気が似ている。壁の模様とかは違うんだけど、空気とかそんな感じがね。迷路にはやはりというか、魔物も徘徊(はいかい)していて、私とフレーレでなんとか退治していく。いよいよ、というかようやくチェイシャも参戦してくれた。

〈魔法弾じゃ！〉

ボシュ！　っと、尻尾から光の弾を発射。サソリ型の魔物は蒸発して消え、銅貨へと変化した。

「なんとか初級補助魔法で倒せる程度でよかったわ」

「ですね。レジナもチェイシャちゃんの攻撃も心強いです！」

フレーレが微笑みながらそう言い、私達は再び歩き出す。そこで私は気になったことをチェイシャへ尋ねた。

「ねえ、ここが女神の封印ならお友達がいるんじゃない？　会わないの？」

〈……言ったはずじゃ、わらわ達は封印を解かれないために封印を守っているとな。だから知っているとしても、お主らがいるのに会うわけにはいかん。それにどこにいるかもわからんしのう〉

女神の封印はよほど解いてほしくないらしい。それにチェイシャがわからないなら、見つけるのも不可能だ。

〈ほれ、お宝を探しながら戻るぞ〉

「きゅん！」

チェイシャが先へ進み振り返って私達に声をかけ、シルバもそれにならって鳴く。そこに私の横に並んだフレーレが声を潜めて話しかけてきた。

「何かを隠していますよね、チェイシャちゃん。女神様に一体何があったんでしょうか……」

「まあ、それを詮索しても仕方……う……」

『フフ、ここにはもう用はないわ……』

「え……？　フレーレ、今何か言った？」

「なんのことですか？」

首を傾げるフレーレ。また私にだけ声が聞こえたらしい。どこかで聞いたような声だけど、思い出せない。ここにはもう用はないってどういうことかしら……

「きゅんきゅん！」

「少し休みますか？　顔色が悪いですよ」

シロップとフレーレの声にハッとし、私は慌てて手を振りながら答える。

「う、ううん。大丈夫よ！　さ、進みましょ！」

〈……〉

心配させないように明るく返事をし、再び歩き出す。

途中に出くわす魔物を倒し、集められるお金と素材、それと部屋に置かれている宝箱をいくつか発見すると少し頬が緩む。

しかし、地上で見た遺跡の大きさを考えると地下が広すぎる気がするわね。かなり歩いているんだけど階段がまだ見つからないのだ。あの時みたいに魔法陣で移動するタイプだったりするのかな？

「チェイシャのダンジョンもそうだったけど、『主』って人はそれほど強い魔物は作れないのかな？」

〈わらわ達がいれば基本的に封印は守れるからのう。牽制程度の魔物をばらまいているだけじゃろうな。もっとも、お宝目当てでやってくる冒険者が、あれほどいることまでは予測できんかったようじゃが〉

確かにレイドさんとベルダーって人がいなかったらチェイシャは倒せなかっただろうし、魔物が多くなくても、なんとかなるのかも。

そんなことを話していると——

ガァァァァア！

と、曲がり角から急に黒い虎型の魔物が飛び出してきた。即座にレジナが飛び出し、追ってチェイシャも私の首から離れ、私達を守るように立ちはだかる。

「がるるるる！」

〈この気配は！〉

「お、大きいです……！」

フレーレが目を丸くして驚いたのも無理はない。私達の前に現れたそれは、今までに見たことがない黒い虎型の魔物で、体は途中で出会ったブレードタイガーの二倍はあり、あの隻眼（せきがん）ベアのような威圧感をまとっていた。

「《メンタルアップ》！」

即座に精神力を上げる魔法を使い、攻撃に備える。こういう魔物はえてして咆哮（ほうこう）を放ってくることが多いからね。

グルルルル……

威嚇（いかく）の声を上げる黒虎は姿勢を低くし、いつ飛びかかってもいいような態勢でこちらを見る。レジナも負けじと吠えるが、体の大きさは段違いだ。

「通しては……くれないか……多分、上級補助魔法を使っても厳しいと思う」

「そう、ですね。それじゃここは……」

「逃げるしかないわね。《ムーブアシスト》《バイタルアップ》」

速度と体力も上げ、じりじりと後ろに下がりながらシルバとシロップを回収する。

「きゅうん……」

二匹はすっかり怯えてしまっていたので、ふたりで一匹ずつ抱えると、私はフレーレに目で合図をする。

「《マジックアロー》！」

グルゥ！

「レジナ、チェイシャ！」

〈今のわらわでは手に余るか……仕方ない〉

フレーレが攻撃魔法で黒虎の顔を攻撃した瞬間、私は前に立っていた二匹に声をかけ、踵（きびす）を返して一目散にその場を後にする。補助魔法のおかげで一気に間合いを取ることに成功した。

しかし――

シャァァァァァ！

黒虎はとんでもない速さで追ってきた。このままじゃ追いつかれる……！

「中級魔法ならどう！　《ラン・ヘイスト》」

「ひゃあ!?」

ぐん、と速度の伸びが変わったのでフレーレがびっくりした声を上げる。持続時間は六時間だけど、中級魔法ならどうだ！

「ダ、ダメです！　まだ加速してきますよ！」

チラリと振り向いたフレーレがそう叫んだところで、黒虎が私達の頭上を飛び越えた。

「そんな!?　あの体でこんなに高く飛べるなんて！」

こっちもそれなりに速度が出ているので急に止まるのは難しい。待ち構える黒虎がニヤリと笑ったような気がした。このままでは前を行くフレーレが餌食になると思い、私はフレーレにシルバを渡して剣を抜き、少しだけ加速して黒虎の顔めがけて突き出した。

ガィン！

グルゥ！

眉間を狙ったが牙で弾かれ、バランスを崩す。そこへ黒虎の爪が私に襲い掛かる。

「させませんよ！」

そう叫びながら横からメイスで殴りつけたフレーレ。

ゴツンと、嫌な音を立て、振り上げた腕が大きく逸れた。その隙に態勢を立て直して黒虎から距離を取る。

フレーレが横に立ち、震える声で私に囁いた。

「た、戦いますか……？」

〈上級補助魔法で一気に行くしかあるまい〉

チェイシャはそう言うけど私は苦い顔で冷や汗をかく。倒せたとしても、一時間後には効果が切れるからだ。一日経過しないと再度使うことはできないので、次はない。

「……こいつを倒してから考えましょうか。《ドラゴニ――》」

覚悟を決めて上級魔法を使おうとしたその時、
ガォォォォォン！

「う!?」

威圧硬直を放ってきた！　まさか、補助魔法の《メンタルアップ》を使っているのに、動けなくなるなんて！　隻眼ベアより数段上の魔物ってこと……!?

「ルーナ！」

〈チッ、魔法弾をお見舞いしてやるわ！〉

フレーレが叫びハッと気づくと、目の前に黒虎が迫っていた！

チェイシャの魔法弾が当たったけど、怯まずに突っ込んでくる。

こうなったらデッドエンドを使う？　でも倒した後は役立たずになっちゃうし、ど、どうしよう⁉

グァァァァ！

逡巡するも黒虎は私が考えるのを待ってくれない。

「きゃあああ！」

迫る爪にフレーレが悲鳴を上げる。

やられる……助けて、レイドさん！

目を瞑るとなぜかレイドさんの顔が浮かび、私は心の中で叫んでいた。アルファの町の近くならともかく、こんな離れた島にいるわけがないのに……

だけど――

「はあああ！」

ガキィン！

グルォウ！

叫び声と共に金属音が鳴り響き、私が攻撃されることはなかった。今の声は⁉

「きゅんきゅん！」

「きゅん！」

「チビ達か！　それにルーナちゃんも！」

「ええ!?　レイドさんですか!?」

シルバとシロップが嬉しそうに鳴き、フレーレが驚愕しながらまさかの名前を口にした。

私がパチッと目を開くと、そこには蒼い剣を振りかぶるレイドさんがいた！

「嘘!?　本物？」

硬直が解けた私が叫ぶと、レイドさんが黒虎へ連撃を加えながら私に言う。

「話は後だ！　ここじゃ技が使えない、俺に補助魔法を！」

「あ、は、はい！　《パワフルオブベヒモス》《ドラゴニックアーマー》《フェンリルアクセラレータ》！」

ここぞとばかりに上級補助魔法を使うと、レイドさんは黒虎に向かって踏み込んでいく。黒虎も負けじと右腕を振り上げる。

ガァァァァ！

「遅い！」

右腕をかいくぐり、強化されたレイドさんの攻撃で黒虎の毛がどんどん削られていく。補助魔法のかいもあって牙や前足の爪を難なく捌いているのも流石の一言。

「レイドさん、凄いです。虎を虎刈りにしてます！」

「フレーレ、ダジャレはいいから魔法を！　チェイシャも！」

「あ、ああ！　すみません、撃ちます！　《マジックアロー》」

〈今度こそ！〉

　フレーレの声を聞いてレイドさんが一歩下がると、黒虎が攻撃を空振りし、その顔面にマジックアローが突き刺さり目を閉じる。

　ドゴォン！

　そこへチェイシャの尻尾からの魔法弾が爆発し、動きが鈍くなった。

　グギャアア！

「そこだ！」

〈おまけじゃわい！〉

　顔をやられて闇雲に暴れ出した黒虎。その頭にレイドさんの蒼い剣が食い込み、チェイシャの魔法弾が胴体へ炸裂。

　そして私が飛び上がり、黒虎の体へ武器を突き立てる。最後にレジナが鼻の頭に齧(かじ)り付くと、ゴキッと鈍い音を立てて横倒しに倒れた。

「やったか……？」

「みたいですね、ありがとうレジナ」

「ワフ」

　レジナを撫でたあと、横で一息つくレイドさんに私は恐る恐る声をかける。

「あ、あの、レ、レイドさん？　どうしてここに？　島にいるのもそうですけど、こんな地下深くに助けに来てくれるなんて……」

「ああ、それは――」

ゴゴゴ……

レイドさんが剣を鞘に納めながら事情を話そうとしたけど、急に地震が起き、足元がぐらつき始めた。

「なんだって急に……もしかしてあの女の子が？」

「女の子……？」

私が訝しんでいると、レイドさんは慌てて魔法板を取り出し、私達へ言う。

「ああ、いや、なんでもないよ！　急いで戻ろう。マッピングはしてあるから俺について来てくれ！」

「後で聞かせてくださいね！　フレーレ、走れる？」

「大丈夫です！」

「それじゃ上級補助魔法かけるわね！　《フェンリルアクセラレータ》！」

脱出経路がわかっているならこれを使わない手はない。かけ終わったのを確認してレイドさんへ声をかける。

「行きましょう」

「こっちだ」

レイドさんの合図で一斉に走り出し、階段を目指す。

「きゅん♪」

「がう！」

シルバとシロップ、それとチェイシャは私達が抱え上げ走る。出くわす魔物はレイドさんとレジナが倒して進み、やがて見慣れたあの祭壇がある場所へと出た。

「こんなところに隠し扉……あ！　あいつら！」

「お前達⁉　生きていたのか⁉」

ライアーさん。いや、ライアーが驚きの声を上げて私達を見る。なぜか縛られているけど。

「見てください、天井が！」

横ではフレーレが天井を見て驚く。パラパラと砂ぼこりのようなものが落ちてきた。この様子だとここは崩れてしまうのかもしれない。

「急げ！　お前らも一応逃がしてやる」

「あだだだだ！　頭が床にぶつかってる！」

「我慢しなさい、生き埋めになりたいの！」

「急いでください！」

シルバ達と一緒に先に出ていたフレーレが焦りながら私達へ叫ぶ。

「よいしょぉ！」

補助魔法で力を上げている私は男達を外に向かって投げ捨てる。私達も転がるように遺跡から外に出た。あら、あいつら階段を転げ落ちてるわね。

ゴゴゴゴ……ガラガラ……

直後、遺跡は入り口はおろか、建物の形がわからないくらい崩れ去った。間一髪だったわね。

「ああ……お宝が……！」

「くそ、犯罪までして確保したのに……」

クルエルとリュゼが心底残念そうに呟いたので、私はイラっとした。だから彼らの顔を微笑みながら覗き込み、告げる。

「人を陥れてまでお宝を手に入れようとした罰よ。犯罪奴隷になって反省するといいわ」

「ぐっ……」

「くそ……」

クルエル達が項垂れていると、フレーレが苦笑しながらレイドさんへ話しかけていた。

「ルーナが悪い顔をしていますね」

「はは、まあ無事でよかったよ」

レイドさんが笑い、言葉を続ける。

「さ、もう夜も遅いし、帰ろう。こいつらを連れて帰らないといけないしね」

「そうですね！」

「きゅんきゅん！」

「がう！」

「きゅん！」

〈あー……わらわのお宝が……〉

「もういいじゃない。少しだけど宝箱があったし、美味しいものくらい食べられるわよ？」

〈うむ、そうじゃな……〉

明らかにがっかりしたチェイシャを肩に乗せ、私達はギルドへ向かって歩き出す。危なかったけど、助かってよかった。また助けられちゃったな、と私はレイドさんの背中を見ながら胸中で呟くのだった。


〈（……封印が解かれたか。しかし一体誰が？　この百年、まるで動きがなかったのに、わらわともうひとりが倒されるとはな。これは偶然ではあるまい。このままではまずいことになる……）〉


――その後、夜中にギルドへ戻った私達はクルエル達三人をギルドへ突き出して事情を説明。

尋問した結果、一応、私達相手が初犯だったようで、取り急ぎアクアステップの国へ送還され、対処を決めるとのことだった。

また、ギルドからは遺跡を発見したということで私とフレーレに金貨五枚ずつが手渡され、私達は大いに喜ぶことになる。

……しかしなにより、一番びっくりしたのはレイドさんだけでなくフォルティスさんもそこにいたことだった。レイドさんの件と合わせて尋ねてみたところ、ふたりもバカンスに来たと言う。

「私もこの島には興味があってな。レイドと下見に来たのだ」

フォルティスさんはそう言うけれど……

「……絶対、ルーナを追いかけてきましたよね」

というフレーレの一言で私はビクッとなった。

どこからか聞きつけて私を追ってきたに違いない……。うーん、もっとハッキリ断った方がいいかなあ？

まあ、それはまた今度考えようと頭を切り替え、お昼までぐっすり眠った私達は、バカンスを再開する！

「それにしても昨日は無駄に半日使っちゃったわね……チェイシャのせいで」

「きゅん」

私は浜辺でお城を作ってはシルバに壊されるという遊びをしながら、隣で寝そべっているチェイシャへ恨み言を言う。

〈う!?　し、しかしよかったではないか。報酬はもらえたのじゃろう？〉

「それはそうだけど、余計なトラブルだったし」

すると、フレーレがおいたをするシルバを抱えて口を開く。

「少し稼げたので私はよかったですけどね」

「それはそうなんだけど、フレーレは甘いと思うわ」

そんな話をしていると、水着に着替えたレイドさんとフォルティスさんがこちらに来るのが見

えた。

「おお、ルーナ！　その水着にあ――ぐはぁ!?」

「がう」

笑顔で走ってこようとしたフォルティスさんが、レジナに体当たりを受けて砂にダイブし、私は苦笑する。そこで私は手を振ってレイドさんへ声をかける。

「レイドさん！」

「やあ、可愛い水着だね。俺も依頼で海に来ることはあったけど、遊ぶなんてことはなかったから水着なんて初めて買ったよ」

「そうなんですね！　レイドさんもその水着、かっこいいですよ」

ナチュラルに褒めてくるなあ、レイドさん……なぜか顔が赤くなる私にフレーレが小声で言ってくる。

「よかったですね、ルーナ」

「きゅんきゅん！」

「か、からかわないでよ。それにしても昨晩は私達の居場所がよくわかりましたね？」

「ああ、森の中で出会った女の子が、遺跡で野営をしているんじゃないかって言ってくれたおかげなんだ」

「そういえば女の子がって言ってましたね。その子はどうしたんですか？」

「何か目的があるらしく途中で別れたんだ。脱出できているといいけど……」

〈……〉

「その人に会ったらお礼を言わないとですね！」

フレーレがそういうと、ようやく起き上がったフォルティスさんが私に近づいて手を握ってきた。

「なんにせよ無事でよかった。さ、私と一緒に泳ごうではないか！」

「あ、フォルティス様、泳がれるのですね！　でしたらこっちの浅瀬がいいですよ！」

「何!?　い、いや私はルーナと……」

「フォルティス様、泳げるんですよね？　わたしに教えてほしいです！」

と、フォルティスさんを連れてフレーレが海へ走り、一瞬振り返って舌を出して笑っていた。

フレーレは私のために引き離してくれたようだけど、裏ではレイドさんと遊べと暗に言っているような気がした。

「本当にもう……」

「フレーレちゃんが連れて行っちゃったか。俺が連れて行こうと思ったんだけど、どっちにしろ目的が達せられなかったからいい薬かな？」

「あ、やっぱり知っていたんですね」

「まあね。あんまりしつこいようならきつく言っておくから」

優しいなあ、レイドさんは。

「ありがとうございます！　レイドさんも泳ぎます？」

身長差があるので私はレイドさんを上目遣いに見ながらどうするのか尋ねると、

「う、うん。そうだね、行こうか」

なぜか顔を赤くしたレイドさんが早足で海へ向かい、それを追って一緒に泳いだりして遊んだ。

夜は私達の宿泊しているホテルでお食事をすることになった。

せっかくだし一緒に食事ができないかホテルの人に尋ねてみたところ、追加料金を払えば専用の大部屋を使わせてくれると女性従業員が教えてくれたのだ。

「ジロリ……」

「は、はは、無事知り合いに会えたよ」

なぜか女性従業員がフォルティスさんを睨んでいたけど、なんでだろうね？

お風呂に入ってさっぱりしてから大部屋へ移動すると、豪華な食事とお酒がずらりと並んでいた。

「ここは私が支払うから、どんどん食べるのだ！」

お酒の入ったフォルティスさんが言ったのを皮切りに、食事が始まる。

「このつぼ焼きというお料理、こりこりして美味しいですね。それにしてもこんな豪華なお食事、よかったんでしょうか」

「ああ言ってくれているわけだし、せっかくだから頂いておきましょうよ。後で請求とかしないでしょ、あの人の性格なら」

「ルーナよ！　わかっているじゃないか！　私はお前のためなら――」

「きゅん！」

「きゅきゅん！」

「な、なんだ!?　こ、こらまとわりつくんじゃない！　……くそ、可愛いじゃないか……！」

「ははは、シロップは女の子だぞ、よかったな」

〈はむ……はむ……！　ご馳走！　ご馳走！〉

「落ち着いて食べてください、チェイシャちゃん」

と、賑やかな夕食を楽しみ、みんなの熱気にあてられて熱くなったのでテラスへと出る。

「ふう……」

大部屋の中を見ると、酔っぱらったフォルティスさんがレジナを抱き枕にして寝入り、レジナが迷惑そうな顔をしているのがわかる。

「ごめんね、レジナ。フォルティスさんにお酌して酔わせたのは私なのよね」

「もちろん見てたよ」

「うひゃ!?　あ、レイドさん」

ビール片手に、から揚げが載ったお皿を持ったレイドさんが私の横に並び立ってビールをぐいっと飲む。

「ぷはあ！　いやあ、こんなにゆっくりできるとは思わなかったよ。フォルティスに感謝だな。それにピンチに駆けつけることができてよかったし」

「いやあ、あはは……」

「それにしてもルーナちゃんはパーティメンバーに恵まれないなあ。フレーレちゃん以外はハズレだよね」

「ぷっ」

「え？　なんだい？」

〝ハズレ〟って言い方がレイドさんらしくなくてつい笑ってしまった。顔も赤いし、結構酔っているのかもしれない。

「ううん、なんでもないですよー。それにしても、デッドリーベアの時やダンジョン、で、今回の遺跡。レイドさんは私が困っているといつも助けに来てくれますよね。毎回ありがとうございます、勇者様♪」

私が微笑むと、レイドさんがきょとんとした顔で目をパチパチさせ、いきなりビールを一気飲みし始めた。

「んぐ、んぐ！　ん⁉　げほっげほっ！」

「ああ、何をやってるんですか⁉」

「な、なんでもないよ、うん……」

「気を付けてくださいね。うーん、当たりがないなら、やっぱりレイドさんがパーティメンバーになってくれませんか？」

私がそう言うと、レイドさんは私の顔をじっと見た後、

「ルーナちゃんは危なっかしいからなあ。考えておくよ」

「危なっかしいって酷いなあ。……え？　今なんて⁉」

「お、おっと、ビールがなくなったな、ちょっと貰ってくるよ」

「あ、ちょっと！　レイドさん！　行っちゃった……」

でも聞き間違いじゃない、レイドさんは『考えておく』って言ってくれた！

「これはもう少し押せば、高額依頼を受けて一攫千金（いっかくせんきん）のチャンス！」

私はテラスでひとり、明るく光る月へぐっと拳を突き上げるのだった。

「うーん、そこでお金に目的がいくんですね、ルーナは……」

〈勇者をも手駒にする、恐るべき守銭奴というところかのう……〉

「あれ？　ふたりともどうしたの？」

いつの間にかテラス近くの柱にいたフレーレとチェイシャが疲れた顔をして何やら呟いていた。


楽しいバカンスもついに終わり、私達がアルファの町へ戻る日が来た。

「またのお越しをお待ちしております！」

チェックアウトをすると、ギルドで寝泊まりをしていたレイドさんとフォルティスさんと合流。

私達は軽い足取りで船に乗り込み出港した。そして海風を楽しむため、甲板に出て話をする。

「あー、楽しかった！　結局ご飯は全部フォルティスさんにお世話になりましたね、ありがとうございます。って、あれ、フォルティスさん、どうしたんですか？　顔色悪いですけど……」

「ル、ルーナのためなら、大したことはない……わ、私は部屋に戻っている……」

「あ、フォルティスさん！」

いつも避けているので、みんながいるここでお話ししようかと思ったんだけど、早々に部屋へ戻ってしまった。するとレイドさんが本を片手にやってくる。

「あいつ、酷い船酔いをするんだ。来る時も大変だったんだよ？」

「繊細そうですもんね、フォルティス様。でも、残念でしたね。せっかくルーナと話すチャンスだったのに」

　フレーレがころころと笑うので、肩を竦(すく)めて私は言う。

「まあ、また改めてお礼を言うわよ。で、チェイシャ」

〈む？〉

　フォルティスさんがいなくなり、ガンマの町のダンジョンを踏破したメンバーだけになったので私はチェイシャに質問を投げかける。もちろんあの遺跡……女神の封印のことだ。

「あの遺跡、壊れちゃったけどよかったの？　まさかとは思うけど封印が解けたんじゃない？」

　私は女神の腕輪をさすりながら言う。するとチェイシャは、

〈……覚えておったか。うむ。恐らく封印は解けたじゃろうな。遺跡を崩して証拠も消すとは周到なことじゃが〉

「もしかしてあの女の子が倒したのか……？」

〈お主と一緒にいたという者か。何者か言っておらんかったか？〉

　チェイシャが前足を上げてレイドさんに聞くと、レイドさんは首を振って答えた。

「急いでいたから名前も聞いていない。青い髪をした女の子で、やけに大人っぽい話し方をしていたなあ。野暮用だと言っていたけど、まさか女神の封印があるとは思わなかった」

〈青い髪……そやつ、自分のことを『ボク』だとか言っておらんかったか？〉

「え？　ああ、そういえばそうだったような……あまり気にしていなかったから覚えてないけど」

〈ふむ〉

レイドさんが会ったという女の子、まさか『主』だったりして……？　しばらくチェイシャは目を瞑（つぶ）って考えていたけど、口を開くことはなく、しびれを切らしたフレーレが喋り出した。

「チェイシャちゃん、女神の封印はいくつあるんですか？　もしも全部解かれたらどうなるんでしょう」

フレーレが私も気になっていることを尋ねてくれた。

〈いくつあるかは言えん。が、もし全て封印が解かれれば、文字通り封印された女神が復活するぞ。まあ、遺跡に近づくまで気づかんかったように、わらわもどこに封印があるかまでは知らんがのう〉

「え!?　女神様って封印されているの!?　じゃ、じゃあ解いた方がいいんじゃないの？」

私が慌てて叫ぶと、チェイシャは目を細めてから低い声で語る。

〈……封印されるということはそれなりの理由がある、ということじゃと思わんか？〉

「で、でも、女神様ってこの世界を創造したと言われているんですよ？　わたし達教会の人間はそう聞かされていています。まさか実在していたとは思いませんでしたけど」

〈女神はいる。それは間違いない〉

「なら、封印された理由というのはなんだ？　もしかして魔王が関わっているのか？」

するとチェイシャはレイドさんの頭の上に乗るとあくびをしながら続けた。

〈ふあ……よせよせ、聞いたところで理解には及ぶまい。それにわらわが喋るはずがなかろう？　わらわは封印を解いてほしくない側の者じゃ。わらわが話せば勇者のお主が妙な正義感を出して封印を解くなどと言いだしかねんからのう〉

「妙な正義感って……」

レイドさんは腑に落ちないという顔をしていたけど、チェイシャはこれ以上喋る気はないと言いたげに目を瞑った。

しかし――

〈……魔王はほんの少しじゃが関わりがある。じゃが、それは過去のことで、今はまるで関係ないから安心せい〉

「魔王は倒されたからってことか？」

チェイシャは片目を開けてチラリとレイドさんを一瞥し、すぐ目を閉じて会話の最後だと告げる。

〈話は終わりじゃ。気にするな、ゴタゴタに巻き込まれたくもなかろう？　それに封印を全て解かれても最後の手段があるからのう。さて、ご飯になったら教えてくれ〉

「おい！」

〈つーん、じゃ〉

「くそ、肝心なところはわからずじまいか……」

「でも下手に関わるとその腕輪みたいなことになりそうですし、聞かない方がいいかもしれませんね」

フレーレの言葉を聞いて、私はそれもそうかと思い大きく伸びをする。

「うーん！　いい天気すぎて眠くなってきちゃったわね」

「ふふ、レジナ達はもう寝ていますよ？」

フレーレが指を向けた先には寝そべっているレジナと、寄り添うようにシルバとシロップがいた。

「よし、私も混ぜてもらおう！」

「わたしもふかふかしたいです！」

「が、がう⁉」

「きゅん♪」

「きゅきゅーん♪」

私とフレーレはレジナ達に突撃して一緒に寝転がり、潮の香りを嗅ぎながら狼達を撫でる。

「ありがとうね、シロップ。あなたのおかげでリフレッシュできたわ」

「きゅきゅ〜ん」

私が抱きしめると、またなんとも言えない鳴き声を出しながら私の手をかぷかぷと甘噛みする。

ふあ……いい気持ち……

「ん？　……はは、気持ちよさそうに寝ているな。お前は混ざらなくていいのか？」

〈わらわは子供ではないからのう。ここ最近は魚が多かったから、そろそろ肉が食べたいのう。あとは油揚げ〉

「欲深いな……」

――結局女神の封印については詳しくわからなかったけど、こうして想定外な冒険があったバカンスは幕を閉じ、波の音と潮風の中、ヘブンリーアイランドを後にするのだった。

だけど、アルファの町へ戻った私はお父さんからの手紙を受け取り、その内容に慌てることになる。

第四章

チチチ……

リーンリーン……

ガラスのない鉄格子の窓から差し込む月の光。

虫の鳴き声を子守唄にしながら、鉄格子の向こうにあるベッドで男がいびきを立てて寝ていた。

ここは犯罪者が送られる鉱山。

デッドリーベアを倒し損ね、アルファの町を恐怖に陥(おとしい)れた犯罪奴隷であるアントンが収容されている部屋だった。

狭い部屋だがひとりで生活するには十分なスペースがあり、個室トイレも設置されている。

風呂は決められた時間に集団で入るようになっていたが、冒険者であったアントンには苦でもなかった。

ひとり一部屋をあてがうのは場所を取るため効率が悪いのだが、ふたり以上の部屋にすると例外なく絶対にいざこざが起きるため、このようになっている。

元々この鉱山は犯罪者が送られる場所と考えれば、いざこざが起きないはずがないとも言えるので、この対応は間違っていないだろう。

カツカツカツ……

そんなアントンの部屋へひとりの看守がやってくる。

「……起きろ」

「ぐがー」

「おい、起きろ」

「ん、んん……これ以上は無理だって……へへ……」

「起きろ、アントン!!」

「お、おお!?」

大声で怒鳴られて飛び起きたアントンが寝ぼけまなこできょろきょろと周りを見ていると、起こした張本人に声をかけられる。

「……すぐに着替えろ、お前に会いたいというお客様がいらっしゃった」

「あん？　客だと？　まだ夜じゃねぇか……明日にしてくれよ……毎日毎日アホみたいに石を掘って疲れてるんだよ、俺は……」

悪態をついて再びベッドへ寝転がるアントン。

しかしそれは予測できていたのか、看守はニヤリと笑い言葉を続ける。

「いいのか？　もしかしたらここから出られるチャンスかもしれんぞ？」

「詳しく」

あっという間に男の前へやってくるアントンは相変わらずな男だった。


——衛兵に引き渡され、アントンが連れてこられた場所は鉱山の監視者が寝泊まりする建物だった。

ローテーションで何日かに一度人が入れ代わるようになっているが、鉱山の周りには何もないので寝泊まりする場所くらいはと、建物はそれなりに豪華だ。

二階は個人の私室。一階には娯楽室やトレーニング部屋などが設置されており、それを横目で見ながらアントンがまた悪態をつく。

「へっ、いいご身分だな。俺達が汗水たらして石を掘ってるのにカードゲームたあな」

「貴様らのようなやつが罪を犯さなければ、俺達とてこんなところで仕事をする必要はないんだがな？」

嫌味を嫌味で返され、アントンは黙る。

何か言ってやろうかと考えていたが、すぐに三階の事務所へ到着しその機会を失った。

「連れてきました。中に入っても？」

衛兵がドアをノックし声をかけると厳かな声で『入れ』と告げられ、衛兵はドアを開ける。

「よく来た。ああ、ご苦労。後はこやつだけでいい」

「は、しかし……」

「いいと言っている」

声色に怒気がはらみ、衛兵が震えながら部屋を出たが、空気の読めないアントンは今の様子を見ても大して気にせず、気軽に男へと話しかける。

「で？　俺に用があるんだって？」

「うむ。お主、《勇者の恩恵》を持っておるな？　しかし、とある事件で犯罪奴隷となってこの鉱山へ送られた」

そう言われたアントンが舌打ちをして毒づく。

「……チッ、そうだよ。ま、ちっとばっかし俺が悪かった気もするしな。真面目にしてりゃ本来の刑期より短くなる可能性もあるみたいだから、ボチボチやってるよ。どうせ身内も仲間もいねぇから、ここを出ても面白くねぇしな」

アントンは椅子に背を預けると、両手を頭の後ろで組み、にやけながら答える。目の前の男は一度頷いてから話を続ける。

「なるほどな。私も事件の顚末(てんまつ)は聞いている。そこで質問だが、アルファの町のギルド連中に復讐したくはないか？」

アントンはぎょっとして男を見る。フードから目だけが見えるが、目はニタリと嫌な笑みを浮かべていた。

「したくない……わけはねぇな、連中にここへ送られたんだし。でも、復讐が失敗したら今度は流石に処刑されるだろ？　危ない橋は渡れねぇよ」

　すると男は大声で笑う。

「はっはっは!!　馬鹿な勇者だと聞いていたが、意外に食いつかんな。……安心しろ、ちゃんと安全は保障してやる」

　ジャラ……

　男が懐から金の鎖のついたメダリオンをアントンに見せる。

「そ、その刻印は……アンタ……こ、こく……」

「おっと。その先は言うなよ、ここで処刑しなくてはならなくなる。この条件ならどうだ？」

　暗くて気づかなかったが、男の正体を口にしようとしたところで部屋の隅に蠢く影が見えた。

　恐らく護衛か暗殺者だろうと少し焦り、アントンは心臓をドキドキさせながら話を続ける。

「俺は復讐のために何かをする。それはいい。だがアンタ……あなたのメリットは、なんだ？」

「そうだな……あの町にルーナという娘がいるのは知っているか？」

　アントンの耳がピクッと動き、一瞬考える。

「……いや、知らないな……」

　その瞬間男の目が細くなり何かを探るように見てくるが、アントンは動じなかった。

「……まあいい。私はその子を手に入れる必要があるのだ。事情は聞くなよ？　そしてお前の復讐とルーナを手に入れることが同時にできる画期的な手が……これだ」

そこで懐から真っ黒な卵を取り出して机に置く。ニワトリの卵より少し大きいそれは、なんとなく禍々しい気配が漂っている気がするとアントンは感じていた。

「これを割ると中から魔物が出てくる。そして町が混乱しているうちに、ルーナを攫って来るのだ」

「……なるほどな。俺がその魔物にやられる危険は？」

「ないとは言えん。だからルーナが近くにいる時に割り、速やかに行動する必要がある。勇者である君ならできると思っての頼みだ」

腕を組んでアントンは考える。自分が断れば別の誰かに頼むのだろう。

それならやつらに一泡吹かせるため、自分がやった方がいいか、と。

また、失敗しても保障があると考えるなら、外に出られるチャンスと言えるのではないか？

しばらく目を瞑って悩んだのち、アントンは口を開いた。

「わかった。その話を受ける」

「君ならそう言ってくれると思っていたよ！　では今後のことだが――」

男は嬉々としてアントンに予定を告げる。

そこでアントンは気になったことを口にする。

「だけど、あの町の連中は俺の顔を知っているぞ？」

「そこはこれを使う」

フードの男が机の上に仮面を置いた。

鼻から上半分を隠すような形で、装備すると髪の色と声色まで変わると説明してくれる。

「すげぇ魔法だな。あー、あー……何か気持ち悪いな……」

アントンが仮面を試していると、続けてマントや服、防具などをマジックバッグから次々と取り出して渡され、それを装備していく。だが武器だけは持たせてもらえなかった。

そしてお金も白金貨三枚に金貨十枚を手渡され、金額の大きさに驚く。

「この金を持ち逃げするとは考えねぇのか？」

「なあに、こっちには優秀な魔法使いがいてな。お前の場所はその仮面でわかるようにしてある」

仮面に何か仕掛けがあるとあっさり告白しアントンは驚く。よほど自信があるのだろうとアントンは片方の眉を吊り上げる。

「さて、話はこれで終わりだ。ルーナを引き渡す人間は常に近くにいる。お前は攫（さら）うことだけを考えておけ。ああ、顔は火傷をしたとか傷があって見せられないとかで外さないよう、言い訳を考えておけよ。健闘を祈る」

それだけ言って男が出ていくと、部屋の隅にいた者も移動したようだった。

「……さて、怪しげな依頼だが、どうなることやら」

真っ黒な卵を腰のポーチに入れると、入れ替わりに部屋へ入ってきた衛兵と出口へ向かう。

目指すはアルファの町、そしてルーナだ。

「町までは五日ってところか……？　まあいいや、睡眠の続きといこうかね……」

そんなことを考えながら、アントンは馬車で眠りについた。

◆
◇
◆

「いやー、やっぱりここの生姜焼きは美味しいわ！」

「お魚も美味しかったですけど、お肉もいいですね！　前に言いましたけど、今日はわたしのおごりですから遠慮なく食べてくださいね」

「やったあ♪」

と、〝山の宴〟で昼食を取る私ことルーナは、南の島〝ヘブンリーアイランド〟から帰ってきていた。

バカンスは終わり、私とフレーレはまたふたりで冒険者稼業。私はさらに〝山の宴〟でウェイトレスもやっているんだけどね……

まあ、ダンジョンと南の島で手に入れたお金はまだまだある。ウェイトレスを辞めても冒険者稼業だけで食べていけそうだけど、お父さんへの仕送りがあるし、狼親子やチェイシャの食い扶持も稼がなきゃいけない。申し訳ないと思いつつ、ウェイトレスを条件に〝山の宴〟で下宿をさせてもらっているのだ。

で、今はフレーレのご厚意で生姜焼きを食べている。相変わらずの味に舌鼓をうっていると、マスターが話しかけてきた。

「……相変わらず生姜焼きか……お土産、もらったぞ。木の絵が描かれているシャツ、あれはいいな」

「きれいな石で作ったあたしのネックレスもね！」

夫婦で笑い合うのを見てお土産を買ってよかったと思う。食べ物よりも形が残るものの方がいいよね、やっぱり。そんな和やかな雰囲気の中、おかみさんが眉を顰めて口を開く。

「でもレイドからバカンス先でまた危ない目にあったって聞いて肝が冷えたよ。だけど狼達も、そのふてぶてしい狐も元気そうだし無事でよかったよ」

チェイシャが聞いたらふてくされるであろうことを想像して苦笑し、おかみさんへ答える。

「まったくですよ。でもシロップのおかげでゆっくりできました」

「そういえばシロップが引き当てたんだっけね。その間お客さんは『チビ達がいない』ってガッカリしていたんだよ。あの子達、人懐っこくて可愛いから会いに来る人が多いのよね」

完全に〝山の宴〟のマスコットになっているシルバとシロップ。

「あらら……今日は小屋で寝ていますからお客さんにはもう少し我慢してもらわないとですね。んぐ……ごちそうさまでした！　それじゃ、フレーレ、依頼を受けに行きましょうか」

「またウェイトレスを頼むよ」

「はーい！」

と、私が元気に返事をすると同時に入り口から郵便配達のお兄さんが入ってきた。

「郵便です。こちらにルーナさんという方はいますか？」

「はい、ルーナは私ですけど」

「あ、ちょうどよかった、お手紙です。サインをお願いします」

「いいですよ」

サラサラとサインをして手紙を受け取ると、会釈をしてお兄さんは去っていく。そこへヒョコッとフレーレが顔を覗かせて聞いてくる。

「お手紙、誰でしょうね？　まさかフォルティス様⁉」

「いや、あの人は直接来るでしょ？　良くも悪くも一直線だし。多分お父さんだと思うけど……あ、やっぱり」

宛先を見るとやはり私の故郷、アラギ村からだった。

「どれどれ……」

「なんて書いているんですか？」

「えっとね……『ルーナ、冒険者稼業、頑張っているか？　こっちはとても大変なことになっているけど、気にせず頑張って冒険者を続けてくれ』……だって」

「……」

「……」

読み終わった後、〝山の宴〟の空気が凍り付き、困惑しながらフレーレが口を開く。

「あ、あの、ほかには？」

「これだけね……お父さん、これじゃ帰ってきてほしいって言ってるようなものじゃない……」

「あはははは！　面白いお父さんだね！　娘が村を出てから寂しくなったんじゃないのかい？」

「もう、恥ずかしいわね」

「ふふ、可愛いお父様ですね」

「ま、とりあえず後で考えようっと。行こう！」

私とフレーレは〝山の宴〟を後にし、依頼を受けに行く。

でも、本当に何か大変なことが起こっていたらどうしよう……

◆◇◆

そして、お父さんからの手紙を受け取ってから二日が経過していた。

あんな内容だけに悶々とした日々を過ごしていたけど、私は意を決してフレーレに告げる。

「やっぱりちょっと心配だから、お父さんのところへ戻ろうと思うんだけど……」

「村へ帰るんですか、ルーナ？」

フレーレが、東方にある蒼希（そうき）の国より伝わりし、忙しい人のために作られたという『牛丼』を食べながら聞き返してくる。

「うん。申し訳ないけどしばらく一緒に依頼を受けられなくなるから、言っておこうと思って」

「大丈夫ですよ！　それにフォルティス様から逃れることができるしいいかもしれませんね」

と、フレーレが笑う。

あの南の島以降、彼の私に向ける好意はさらにヒートアップ。島の一件で以前ほど苦手意識はなくなったとは思う。いつも嬉しそうに私に話しかけてくるフォルティスさんだけど、友達以上の感情にはなりそうになかった。

それはともかく、私はフレーレに話を続ける。

「なんだかんだでお金が結構入ったでしょ？　フレーレは教会の修繕費として使っちゃったけど、私は今のところ大きい買い物がないから、お父さんのところに戻ってもしばらく大丈夫だしね。病気が悪化したとかなら食事もきついだろうし」

「ああ、ヘルニアだと激しい動きはできないですし、寝たきりだと寂しいと言いますよね。だからあの手紙の内容なんでしょうか」

粉末のトウガラシをたっぷりと牛丼にかけながら言う。意外と辛い物が好きなのよね、フレーレ。

「多分ね。そろそろ冒険者になって三か月以上経つし、南の島で休んだばかりだけど、今度はお父さんとのんびりしようかと思って。村には温泉もあるし。この機会にレジナ達にもお風呂を好きになってもらうつもりよ」

「もぐもぐ……温泉ですか、いいですね……温泉!?　温泉ってあの疲労回復、病気やケガの治療促進、老化を防ぎ、お肌つやつやで栄養満点のあの温泉ですか!?」

最後のは違う気がする……そう思ったけど、フレーレの剣幕に押されながら返事をする私。

「そ、そうよ、温泉よ。村の真ん中に浴場があってね。誰でも入れるの。お父さんも腰を治すのに朝晩毎日入ってたわね」

「……わたしもついて行っていいですか？」

フレーレが目を細めて私に顔を近づけてそんなことを言う。

「ふえ!?　いいけど、温泉以外何もないわよ？」

私の故郷アラギ村は特産品もない普通の村で、面白いことはない。だけどフレーレは珍しく興奮した口調で私に詰め寄ってくる。

「何を言っているんですか！　温泉があるじゃないですか！　幸いわたしもヘブンリーアイランドでもらったお金はまだあります！」

目がキラキラしているフレーレの力説にたじろぐが、すぐにひとりより楽しいからいいかなと思い直した。

そうと決まればお父さんにフレーレとレジナ達を紹介しようっと！

「それじゃ、わたしは神父さんとシスターに伝えますね。日時が決まったら教えてください！」

「わかった。また明日ね！」

フレーレを見送って部屋へ戻ると、チェイシャが飯を出せと要求してきた。

〈戻ったか、わらわのご飯はまだか？〉

チェイシャはレジナ達と同じ小屋で過ごすのは魔神のプライドが許さんと、私の部屋で寝泊まりしている。

厨房を借りて作ったご飯をテーブルに置いて早速先ほどの話をすると、もぐもぐとご飯を食べながら答えてくれた。

〈ほう、親元へ帰るか。わらわは女神の封印に関わらなければなんでもええわい。のんびり暮らし

てくれた方がありがたいから、このまま村に引きこもるのはどうじゃ？　この油揚げのピザとやら、美味じゃのう〉

ふむ、やはり狐には油揚げか……。声色に変化はないけど、尻尾がぶんぶんと喜びを表しているわね。好き勝手なことを言うチェイシャのピザを取り上げてから私は告げる。

「村に引きこもって冒険者稼業を辞めたらお金もなくなるし、チェイシャも元のダンジョンへ帰ってもらわないとね？」

〈あ、あ、じょ、冗談じゃ！　ルーナは冒険者が似合っておる！〉

「よろしい」

私はピザをチェイシャに返し、

「明日までバイトがあるから、出るのは明後日になるけどチェイシャはどうする？」

と、聞いてみるとチェイシャは最後の一切れを口に放り込んでから返事をした。

〈当然わらわも行くわ。ひとり残されても困るわい！〉

「じゃ、決まりね！」

レジナ達は連れて行かないと勝手に追いかけてくるから確定として、後は……レイドさんに村に帰ることを言っておかないとね。

次の日、フレーレと一緒にギルドへ赴き、私の村へ帰ることをレイドさんに伝えると、

「村へ帰る？」

目を丸くして、眠そうだったレイドさんが覚醒する。

そして近くにいたイルズさんが声をかけてくる。

「何日くらい帰るんだい？　ほかのパーティへの一時参加ができないことを告知しておかないといけないからさ」

「あ、そうですね。えっと、とりあえず一週間くらいで。お父さん次第ですけど、状況によってはもう少しかかるかもしれません」

「わかった。出発は？」

「明日からです」

私がすぐに答えると、イルズさんは笑って紙に何かを書き始め、レイドさんが入れ代わりに話しかけてきた。

「親父さん、何かあったのかい？」

「うーん。何かあったのかもしれないし、なかったのかもしれないんですよ」

「なんだいそりゃ？」

不思議そうな顔をするレイドさんだけど、私もなんと言っていいかわからないので、手紙を見せながら言う。

「こんな文面だから心配で、お父さんの顔を見に帰省しようと思って。フレーレも温泉に入りたいって言うから一緒に行くことになったんです」

「へえ、温泉があるのかい？　いいなあ」

レイドさんも温泉と聞いてちょっと顔が緩む。

「レイドさんも行きますか？　ダンジョンの一件からよくパーティを組んでいるし、助けてもらっていますから、来てくれるならお父さんに紹介したいなって思ってるんですけど」

「お父さんに紹介⁉」

「どうしたんですか？」

なぜかレイドさんが大げさに驚いたので首を傾げていると、コホンと咳払いをしていつもの調子で尋ねてきた。

「……いいのかい？　今はイルズの依頼もないから暇だし、ルーナちゃんがいいなら温泉に行きたいなあ。海も楽しかったけど人が多くて騒がしかったからね」

とか言いつつ、顔はすでに温泉の虜(とりこ)となっているレイドさん。

私は村でずっと入っていたから特別感はないけど、実は観光にできたりするのかな？　お金になるなら冒険者を廃業してもいいかもしれない……村長さんに相談して観光客を招き入れたらいくらかお金を貰う……そんなことを考えているとレイドさんが話を続ける。

「ルーナちゃん、悪い顔になっているよ？」

「は⁉　す、すみません、考えごとをしていました！　それじゃあ決まりですね、明日のお昼前に乗合馬車で出発しますからお願いします」

「明日出発ならすぐに準備を始めないといけないね、俺は買い物へ行ってくるよ」

レイドさんはそう言ってギルドを後にし、私とフレーレもイルズさんに声をかけてからギルドを飛び出す。

ふふふ、皆で行ったらお父さん驚くだろうなあ♪　腰を抜かすかも？　あ、もう腰は悪いんだっけ。

お家に着いたら私は仲間と元気でやってますって言わないとね！

――そして翌朝、乗合馬車乗り場の前で狼達と待っていると、

「お待たせしましたー！」

白いブラウスに緑のスカートを穿（は）いた普段着のフレーレが、大きなリュックサックを背負って通りの向こうから走ってくるのが見えた。

「きゅんきゅん！」

シロップがお迎えに走っていったけど、うん、ちょっと大きすぎないかなリュック。

「きゅん！」

すると今度はシルバが別の方向へ走り出したので、そちらへ目線を向けると、こちらも青いズボンに鼠色（ねずみいろ）のトレーナーを着たレイドさんが歩いてきていた。

で、これまた大きなリュックサックを背負ってやってくる。

あれ？　ふたりともどうして？

「お、フレーレちゃんもそのリュックサックを？」

「はい！　これならいっぱい入りますしね！」

「ふたりとも何が入っているの、それ？」

なんだか意思疎通ができているふたりを悔しく思いながら、中身を聞いてみると、

「ああ、食料と装備だよ。剣は入らないから腰に下げているけど」

「でも、大きすぎないかしら？」

私がそう言うとフレーレが口を尖らせて、

「それはそうですよー。わたし達はルーナみたいにマジックバッグなんて高価なものは持ってないんですから！」

「念のため聞いておくけど一体何が？」

「え？　装備と着替えと温泉を汲むための瓶が入っていますよ。着替えはともかくメイスはかさばりますからね」

言われてみれば私みたいに剣なら腰に下げられるけど、メイスはそういう扱いをする武器ではないので使わないならしまっておくのは当たり前か。

それに着替えも一週間分ならそれなりに多いしね。私は大きさや重さを感じないマジックバッグだから携帯品に困ったことがないので気が利かなかったと反省する。

「きゅん！」

「きゅきゅーん♪」

そうそう、この子達もチェイシャの通訳で私みたいにバッグが欲しいと聞いたので、おチビには私お手製の風呂敷に干し肉を包んで首に巻いてあげた。

尻尾をぶんぶん振って私に体当たりを仕掛けてくるところを見ると喜んでいるらしい。

そんな様子をにこにこしながら見ていた御者のおじさんが尋ねてくる。

「揃ったかい？　それじゃあ行くよー」

「お願いします！」

私の言葉に御者さんが頷き、馬をゆっくりと歩き出させたところで遠くから声が聞こえてきた。

「――ってくれえ！」

ん？　この声は？

「おおーい！　わ、私も！　私も連れて行ってくれぇ！」

げ!?　フォルティスさん!?　今度はどこで聞きつけて来たんだろ！　よく見ればその後ろにも人影があり、フォルティスさんを引き止めているようだった。

「フォ、フォルティス様！　流石に仕事放棄は見過ごせませんよ！　今日も裁判だけで三件もあるんですからね!?」

「ええい、離せ、パリヤッソ！　レイドのやつが一緒に行けて私が行けないなど酷過ぎるではないか！」

あらら、仕事を放棄してついてこようとしたのね……呆れた私は御者さんに声をかける。

「おじさん、急いでください！　後ろのふたりに追いつかれないようお願いします！」

「ほう、追われているのかい？　わかったよ！　……それ！　ハイヤー！」

ノリのいい御者さんのおかげでみるみるうちにフォルティスさんの姿が小さくなり見えなくなる。

「危なかったですね、もう少し出発が遅かったら……」

ごくりと喉を鳴らしフレーレが呟く。

「いや、そんなに深刻なことでも……あ、でも、帰ったら何か言われそうな気もするわね」

やっぱり帰ったら、今度こそちゃんとお断りをしよう。ハッキリと諦めてもらうよう言わないとね。

「うおおお、速い!?」

「はっはっは！　誰もわしには追いつけんぞ！」

ガラガラと猛スピードで走る馬車の荷台でそう決意し、私達はアラギ村へと向かうのだった。

第五章

——鉱山から移送されたアントンはトラブルもなくアルファの町に到着。

五日はかかると思っていたが、馬の足が速かったこともあり、予定より早く降り立つことができた。

馬車を降りたアントンに荷台の窓から声がかかる。

「……運がよかったな。もう鉱山に戻ってくるんじゃないぞ？」

あの夜からずっと一緒についてきた衛兵がここで別れを告げる。

その言葉には返事をせず、アントンは片手を上げて馬車を見送った後、ひとり呟く。

「ふん。運がよかった、か。結果次第じゃどうなるかわからねぇし、まだそう決めつけるのは早いと思うがな」

とりあえず久しぶりの町を歩いてみるかと、移動を始める。

アントンの格好は例の仮面に銀のプレートメイルを装備しており、以前の装備に比べれば格段にいい物だ。そのため、アントンと気づくものはいないと思われた。

途中リンゴを買って、それを齧りながら周囲を見て呟く。

「長いこと離れていたわけじゃねぇし、それほど変わらねぇな。とりあえずルーナを探さないと」

一か月だけだったが一緒にパーティを組んだこともあるし、言い寄るために待ち伏せをしたこともあった。なのでいつもどこにいるのか把握できている。

「まずは〝山の宴〟か。今の時間ならランチタイムのはずだ」

アントンが店の中へ入ると、大きな声で迎えられた。

「いらっしゃい！　カウンターが空いているよ！」

〝山の宴〟のおかみさんに案内されカウンターへ座る。キョロキョロと見渡すが、ルーナの姿は見えなかった。

適当に注文した食事を終え、二時間ほどお茶を飲んで待ってみるが彼女は現れない。

「毎度」

仕方なく〝山の宴〟を後にし、マスターの声を背に受けながらアントンは次の目的地を考えていた。

「(とすると、依頼か?)」

次に足を運んだのはギルド。

何も言わず扉を開けてもドアベルが鳴るので、受付から太い声が聞こえてくる。

「いらっしゃい……ってまた怪しいやつが来たもんだな?　はっはっは!」

受付にいたのはもちろんイルズで、先ほどの言葉も別に本気で言っているわけでもなく、初対面の相手に冗談を交える癖があるのをアントンは知っていた。

「(俺ん時はなんだったっけな)」

「おい、聞いてるのか?　用件はなんだ?」

「あ、ああ。この町に来たのは初めてなんだが、ちょっとどんな依頼があるのか見たくて……」

咄嗟(とっさ)に出た嘘にしては上出来だとアントンは思い、それを聞いたイルズは、

「おう、そうか。ギルドカードは持っているか?　カードがあればいつでも受けられるけどレベルには気を付けろよ?　パーティとソロじゃ難易度は大きく変わるからな。何か行きたい依頼があったら声をかけてくれ」

「(そういやあの時もレベルについて話していたな……)」

ルーナが抜けた後、デッドリーベアを倒しに行く時に、イルズと言い争いをしたやりとりを思い出す。

あの時、あれが全ての始まりだったのだと。

苦々しいことを思い出し、顔をしかめながら依頼書を見るなどして怪しまれないようにルーナが

戻ってくるのを待っていたが、

「ふう、帰ってこないな……」

夕方を過ぎてもルーナは現れなかった。

一体どこをほっつき歩いているんだ？　と、苛立ちながらアントンはギルドを後にし、ルーナが立ち寄りそうな店や、ルーナが戻っていないか再度〝山の宴〟に訪れるなど、町をくまなく散策するが影も形もなく、途方に暮れて適当なベンチに腰かけてひとり呟く。

「どういうこった？　あいつどこ行きやがった？」

人に聞いてもよかったが、こんな怪しい格好をした男が女を探しているなどと噂が立てば、動きにくくなると考えて人に聞くのは止めたのだった。

「時間はあるから……あるよな？　また明日にするか。とりあえず宿に行くかね」

ベンチから立ち上がり宿へ向かう途中、路地裏に汚い格好をしたふたり組の男達と小さな女の子が見えた。

「あ、あの、どいて……」

「どいてだと？　どの口が言ってやがる！」

どうやら女の子を脅かしているようで、男達の怒号が聞こえてくる。その時、アントンの脳裏に苦い思い出がよぎった。

（へ、この屑野郎が！）

（アントンはホントに使えねぇなあ）

（ほら、お前が前に出ろよ、盾くらいにしかならねぇんだからよ！）

弱いやつはああなっちまうんだよな。弱いやつは大人しく従うか逃げるしかねえんだ。あのガキは逃げ切れなかった。運が悪かったんだ。よくあることだとアントンは宿へと向かう。

――女の子とふたり組のいる道を通って。

男達の姿が近づいてくると、その容姿に相応しい汚い声がアントンの耳に入ってくる。

「へへ、お嬢ちゃんが足を踏んづけたせいでこっちのおじさんの足にヒビが入っちまったんだ。お嬢ちゃんがやったんだから治療費はお嬢ちゃんが出すんだよ？」

「いてー、いてーよー」

「お、お金……ないよ……。わたしそんなに強く踏んでないもん……」

「おほー！　口答えしましたよ！　親の顔が見てみてぇぜ！　お金がねぇならお嬢ちゃんの家へ行こうか。お母さんなら持っているだろう？」

ほら、と女の子の肩を掴むと女の子が激しく暴れ出す。

「いやー！　むぐ⁉」

「こ、こら、暴れるんじゃねぇ！　もう面倒だ、このままこいつを売り飛ばそうぜ」

演技をしていた男が立ち上がってコクリと頷くと、口を塞がれた女の子に喋りかける。

「諦めな。お嬢ちゃんの運が悪かったってことだ。俺達を倒せるくらい強かったらよかったのにな！　お母さんにゃもう会えないだろうなあ」

「！　ふぐ……うぐ……」

ぎゃっはっは！　と、笑う男ふたりの言葉を聞いて泣き始める女の子。お母さんに会えないというのが堪えたようだった。

そこへ——

「そうだな。弱いやつが悪い。まったくその通りだよなあ」

素通りしようとしたアントンが男達の後ろに立って呟いていた。

「ヒッ!?　……なんだてめぇは？　変な仮面をつけやがって。……まさか聞いていたのか？　へ、へへ。見逃してくれよ……こいつを売った金はお前にもやるからよ。いわゆる口止め料ってやつだ」

「んー！　んんー!!」

「そうだなあ。それでもいいんだけどな？　……お前らをぶっ倒してその子を売ったら金は全部俺のものだ。そっちの方がいいと思わねぇか？」

男達はきょとんとした顔をしてアントンの顔を見る。

そして言葉の意味を理解した男がアントンへ殴りかかってきた。

「てめぇ……！」

「弱いやつが悪い。ああ、まったく同感だな！」

男の拳をスッと避けて、鼻面にパンチを決めると男は鼻血を出しながら地面へ転がり、アントンはそのまま女の子を捕まえている男へゆっくりと近づいていく。

「く、来るな!?　こいつがどうなっても……」

バキッ！

ナイフを女の子に突きつける前に踏み込み、有無を言わさず殴りつけて口を開くアントン。

「そいつがどうなろうと俺が知るか、知り合いでもなんでもねぇしな。お前達が気に食わなかっただけだ」

「ひ、ひぃぃ⁉　覚えてやがれ！」

「ま、待ってくれよう！」

男達はふたりして鼻血を出しながら逃げ去り、アントンは追うことはせずに一言だけ吐き捨てるように、

「ふん。雑魚が。警護団もちゃんと仕事をしろってんだ」

と言い放った。

冒険者基準だとそれなりの強さしかないアントンだが、一般人相手なら圧勝できる力はあった。

なんとなく気分が晴れたアントンは、再び宿へと向かおうと歩き出す。だが、マントを後ろからグイッと引っ張られ首が締まる。

「ぐえ⁉」

「あ、あの……ありがとう……」

さっきの女の子がはにかみながらアントンにお礼を言う。

だいたい十歳くらいか？　とアントンは女の子を見てそう思いながら同時に口を開く。

「ああん？　俺の気まぐれだ、弱いやつがペラペラとむかつくことを言ってたからな。後、俺はガ

キが嫌いなんだ。気が変わらねぇうちに、ほら、もう帰れよ」

マントから手を離させて再び歩き出そうとしたところで『ぐう』とお腹が鳴る。

そういえばもう一度〝山の宴〟に顔を出したが晩御飯は食べていなかった。宿へ急ごうとするも、またもやマントを引っ張られる。

「ぐえ⁉」

「お腹すいてるの？　う、うちに……ごほ……食べに……ごほ……」

女の子が家に来いと言いながらごほごほと咳をする。

「風邪か？　俺のことは気にすんな。早く家へ……」

と言い終わる間もなく、女の子はパタリと地面に倒れた。

「……だからガキは嫌いなんだよ……」

女の子を背負いながら、アントンは誰に言うともなく呟いていた。

◆◇◆

ゴトゴト……

私達は荷台でお昼寝やレジナ達をブラッシングするなどして時間を潰していた。

すると、御者のおじさんが首だけ振り返り声をかけてきた。

「もう少しで到着するよー」

「あ、はい！　ありがとうございます！」

「きゅんきゅん♪」

「きゅーん♪」

〈これ、わらわの尻尾を甘噛みするんじゃない！　汚れるじゃろう！〉

じゃれている三匹をまたぎ、御者台へ乗り出して前方を見ると、故郷の村が目に入り思わず笑みが零れる。

「帰ってきたなあ。おじさん、ありがとう！」

「はっはっは、これも仕事だからね」

「あれがルーナちゃんの村か」

レイドさんはここまでの間ずっと本を読んでいたけど、村が近いと聞き本を閉じて外を見る。

「温泉♪　温泉♪」

私の横ではフレーレがメイスを丁寧に、そして念入りに磨いていた。

セリフとまるで合っていないのが少し場違いなので怖い。

「ずいぶん熱心に磨いているわね？」

「え？　ああ、わたしの唯一の武器ですから、こういう暇な時に手入れをしておかないとすぐダメになるんですよ。ルーナはお店でやってもらっているんですよね？」

「そうそう、剣って切れ味が悪くなると危ないから」

「あの隻眼（せきがん）ベアアーマーも手入れをしてもらっているんですか？」

「……隻眼（せきがん）ベアーマー？」

「防具って手入れをするってあまり聞かないですから気になって。わたしは耐刃の服を――」

途中からフレーレの言葉は耳に入っていなかった。この前の呟きといいフレーレは怪しい……

よし、少し試してみよう。

「ところで話は変わるけど、私ってアルファの町で『レンタルルーナ』ってあだ名がついているのよねー。なかなか語呂がいいわよね」

「あ！　ルーナもそう思いますか！　ギルドであっちこっちのパーティを行き来するルーナを見て思いついたんですけど、我ながらいい語呂だと思ったんですよ！」

笑顔で説明するフレーレに私は笑顔で頷き、フッと息を吐いた後、

「やっぱりあんたが犯人かぁぁぁぁぁぁ!!」

フレーレの頬を両手で引っ張った。

「ふゅえ!?　な、何がですか!?　あ!?　ほっへはほひっははないふぇー!?」

「……元気なお嬢さん達だねえ……ほら、アラギの村に着くよ」

御者さんが荷台にいる私達を見て呆れ笑いをしながら言ってくる。

その言葉に気をとられた私の手を逃れてフレーレが前へと移動する。

「とう！　……わあ！　煙！　煙が出てますねー」

「あれは温泉の湯気ね、村のみんな元気かなあ」

「わふ」

私達が歓喜の声を上げていると、馬車の横をてくてくと歩いていたレジナが荷台へ乗ってくる。

馬車に魔物が近づいていないか警戒をしてくれていたのだ。

「おかえりー！　よしよし、偉いね、レジナは」

「わふーん……」

「きゅん！」

「きゅきゅん！」

「はいはい」

レジナを撫でているとチビ達も参加してきた。しかしその横でチェイシャが半泣きで私の頭に乗ってから口を開く。

〈うう、わらわの立派な尻尾がベタベタじゃあ……温泉で洗ってくれ……〉

こっちはこっちで深刻なダメージを負ったようだ。

ほどなくしてアラギ村へと馬車は入っていき、私達が村の広場で荷台を降りると、御者のおじさんは近くにある町へと馬車を走らせて行った。

帰りはまたこの村に立ち寄った際に乗せて行ってもらうことになっている。

「さ、じゃあ早速私の家へ行きましょうか！」

「雰囲気がいい村ですね。わたしは孤児院育ちなのでわくわくしますよ！」

〈そうじゃなー、何か美味しい物でもあると嬉しいんじゃがのう〉

「美味しい物……そうね、川に〝デスクラブ〟っていう蟹がいるんだけど、あれを茹でて食べたらすごく美味しいから荷物を置いたら後で獲りに行きましょうか」

「蟹ですか、美味しそうですすねえ……」

「きゅんきゅん」

「わふ」

フレーレがなんとも言えぬ顔でうっとりしていると、レジナ達が足元に寄ってくる。

どうしたのかな？　中腰になってシロップの頭を撫でていると頭の上から声がかかる。

〈狩りに行きたいようじゃな。蟹もええが、肉も欲しい。川へ行くついでに狩りもすりゃええじゃろ〉

尻尾へ掴みかかろうとジャンプするシルバをぶんぶんと振り払いながら、チェイシャが通訳してくれると、レイドさんも首を鳴らしながら呟いていた。

「俺も馬車でずっと座りっぱなしだったから体を動かしたいかな」

「みんな元気が余っているのね。とりあえず荷物を置きに家へ行きましょ！　お父さんに帰ってきたことを伝えないといけないしね。あの赤い屋根の家が私の家よ」

てくてくと歩いて懐かしの我が家の前に立ち、変わっていないなと感慨深く思う。

まだそんなに月日は経ってないから当たり前なんだけど。

そして勢いよく入り口のドアを開け放ちながら大声を出す私。

「ただいまー！　お父さん、あの手紙はなんなの？　元気？」

シーン……

「返事がありませんね？　それに薄暗いですし。お父様はどこかへ出かけているんでしょうか？」

「玄関の鍵は開いていたからそれはないと思うわ。お父さんー！　どこに隠れてるの？」

「ふんふん」

「きゅきゅん？」

「きゅーん？」

レジナやおチビ達は知らない家に興味津々で匂いを嗅ぎ、私達はそれを尻目にリビングへと足を運ぶ。

すると――

「……お父さん？　え⁉」

リビングへ行くとそこにはテーブルに突っ伏している男の姿があった。さらにテーブルには赤い液体が散らばっている。

「お父さん……？」

薄暗いし、顔はわからないけど、体格からしてあれはお父さんに違いない。

「だ、大丈夫ですか⁉」

フレーレのプリースト的献身が働き、お父さんへと駆け寄る。

いけない！　私の予想が正しければ……！

「しっかりしてください！《ヒー……》」

「ダメ！　離れて！」

フレーレが近づいて回復魔法をかけようとしたその時、男ががばりと起き上がりフレーレを抱きしめる！

遅かった⁉

「ルーナァァァ！　おかえりー！　お父さんは寂しかったよぉぉ‼」

「きゃあああ⁉」

顔中を真っ赤に染めた男がフレーレへ頬ずりを始める。やはりお父さんだった！

「もう毎日退屈で退屈で……あれ？　君、誰？」

「いやあああああ！」

ゴッ！

動揺したフレーレのパンチがお父さんの左頬へ炸裂した。

「ぎゃあああ⁉」

〈脇がしっかり締まっておるのう。いいパンチじゃ〉

チェイシャがどうでもいい解説をし、お父さんは再びテーブルへ突っ伏した。

「なんだったんだい……？」

「……ウチの父です」

私は恥ずかしい気持ちで、倒れているお父さんをレイドさんへ紹介するのだった。

◆
◇
◆

「アントンの恩恵は『勇者』か！」

「すごいの？」

「ええ、そうよ。勇者の恩恵はなんにでもなれるの！　アントンは好きなことをして生活できるのよ」

「じゃあ僕、お父さんみたいな剣士になるよ！」

「嬉しいこと言ってくれるじゃないか！　よし、今日はお祝いだ！」

「(夢か……親父におふくろ、それに小さい頃の俺……)」

幼い頃のアントンと両親が『勇者』の恩恵に大喜びしているのを見て、アントンは胸中でそう考える。手足や口は一切動かせず、やがて場面が切り替わる。

「いいか、よく見ておけよ……〝重撃斬(じゅうげきざん)〟」

「すごいすごい！　あんなに大きな木がバターみたいに斬れた！」

「この斬る時の角度が重要なんだよ。そしたらドラゴンの固い鱗でも斬れるんだぞ」

「えー、嘘だあ」

「本当だぞ!?　ほらアントンもやってみるんだ」

「うーん、難しいよー」

「あなた、アントンはまだ五歳なんだから……」

「そ、そうだな！　また見せてやるからな！」

「うん！」

「(ああ、親父は強かったな……結局あの技を教えてもらうことはできなかったっけ。なぜなら……)」

さらに視界が別の場面へと変わる。

「アントンを、アントンを返して!!」

「貴様ら！　俺の息子をどうするつもりだ！　ぐあ!?」

「お父さーん！　お母さーん！」

「ほっほっほ、連れて行きなさい」

「ま、待ってぇ！　アントン！　アントーン!!」

冒険者風の男達に押さえつけられた両親を見て泣きながら叫ぶアントンは、そのまま知らない屋敷へと連れて行かれ、目の前に現れた態度の悪い貴族の男が口を開く。

「この子が勇者の恩恵を？」

「ほっほっほ、そうでございます。息子として育てれば、勇者を育てた者として、あなた様の名声はきっと上がりますぞ？」

「そりゃあいい！　今日からお前は私が鍛えるからな！」

「……」

「(止めろ……俺はもう忘れたんだ！　こんなものを見せるな！)」

アントンの叫びも空しく、さらに記憶にある場面が目の前に出てくる。

「違う！　そうじゃない！　何回言ったらわかるんだ！　この愚図め！」

「難しいよ……僕をお母さん達のところへ帰して……」

「ここがお前の家だ！　できるまで食事はなしだからな！」

「う、うう……お父さん……お母さん……」

泣いているアントンに誘拐した男のひとりが声をかけてきた。

「ほっほっほ。アントンや、勇者として立派に成長したら家へ帰してあげよう」

「ほ、ほんとに!?」

「ああ、本当さ。だから、ほら、頑張るんだよ？　ほっほっほ」

「う、うん！」

「(野郎……)」

アントンは笑顔の絶えない男を見ながらいら立ちを隠さずに胸中で呟くと、また違う場面へと移り変わった。

「――今まで育ててきたがもう限界だ！　ゲルス、貴様の言う通りに育ててみたが、ちっとも勇者らしくならないではないか!!　こんなクズにもう金はかけられん！」

「ほっほっほ、申し訳ありません。わたしめの見込み違いだったようで……。では、今日で捨ててしまいましょう」

あっさり『捨てる』と言い放つゲルスという男に、わずかばかり動揺を見せながらも貴族の男は口を開いた。

「う、うむ。アントン、今日で家を出てもらう。どこへなりとも好きなところへ行くがいい。流石に私も鬼ではない。ほら、金だ」

「え？　お、お母さん達のところへ帰してくれないの？」

「知るか。勝手に帰ればよかろう。お前ももう十歳だ、自分でなんとかしろ！　まったくとんだ無駄骨だった……」

ぶつぶつと恨み言を呟きながら男は部屋から出ていき、革袋を手にして呆然としていたアントンが執事に引きずられて門の外へ追い出される。

「ほら！　出ていけ！」

「わ⁉」

そして――

「お、お前、アントンか⁉　よ、よく無事で……でも遅かった……お前の両親は……」

「……お墓？」

「お前が連れ去られて、お母さんは寝込んでな……先日亡くなったよ。お前のことをずっと心配していた。親父さんはあの時の傷が元で二年前に……」

「なんで……なんでこんなことに……父さん……母さん……！　うわあああああ！」

墓に顔をうずめて大声で泣くのを見ていると、ふいに景色が歪み、

「(ここで目が覚めるのか……)」

と、なぜか冷静に判断できていた。

「……」

アントンはパチッと目を開けて起き上がり、噴きだした汗を拭う。背中までぐっしょりだった。

「今更――」

つまらない夢を見たな、と呟いてベッドから這い出ると、ふいにドアがノックされる。

「お兄ちゃん、起きたー？」

「たー？」

声のひとつは昨夜アントンの目の前で倒れた女の子の声だった。続いて発された声はその妹だ。

結局あの後、女の子の家を探す羽目になり、なんとか見つけて立ち去ろうとしたが、女の子の母親が助けてくれたお礼にとご飯と寝床を提供してくれたのだった。

「(女だらけの家に男をあげるとは、とんだ間抜けな家族だぜ。襲われるとか思わねぇのか？)」

母親は美人だったが、年上の子持ちには手を出さないと決めているアントンは大人しくあてがわれた部屋で寝ていた。そんなことを考えていると部屋へ子供達が入ってくる。

「おはようございます！　朝食の用意ができていますので一緒に来てください！」

「さいー」

「……朝からうるせぇよ……」

子供達がまとわりつくのをうっとうしがりながら食卓へ行くと、朝食の準備をしていた母親が話しかけてくる。昨晩名をソフィアと名乗っていたことを思い出す。

「おはようございます。よく眠れましたか？」

「……おかげさんで、朝からキンキン声で起こされた」

「まあ。ダメよ、メルティ。お客様を困らせたら」

「はーい……ごめんなさい、お兄ちゃん」

昨日、気まぐれでアントンが助けた女の子の名前はメルティ。妹はメアリと、家まで運んだ時に紹介され、歳は十二歳と八歳。

しかしメルティの体は十二歳というには小さく、顔には出さなかったがアントンは驚いた。

「もう動けるのか？」

「うん！　たまにふらっとしちゃうんだけど、だいたい元気なの！」

目玉焼きをつつきながら、元気に返事をするメルティ。ガキはこれだからとアントンはため息を吐く。

「そういえばまだお名前を伺っていなかったですね？」

ソフィアに言われ、昨日は強引に食事をもらって寝床に押し込まれたので言っていなかったことを思い出す。

「俺はア……ノートナ、だ」

危うく実名を名乗りかけて留まる。

「ノートナさんですね、覚えました！」

「ねえねえ、お兄ちゃん、その仮面暑くないの？」

この一家はせめて食事の時は大人しくするということを知らないのか？　ゆっくりと食事ができないアントンはうんざりしていた。

「名前は覚えなくていい。どうせすぐに出ていくしな。仮面は顔に傷があって外したくない。だから他人の家では寝ていても外さない」

ぶっきらぼうに答えてパンを齧ると、メルティが泣きそうな顔をしていた。

「もう行っちゃうの……？」

「お前を助けたのは偶然だ。こんな女だらけの家に俺みたいな見ず知らずの男がいたらダメだろうが……」

夜這いもやるアントンにしては珍しいが、子供と人妻に興味はないため、そう言い放つ。

「それにこんな仮面をつけた男を信用するのはどうかと思うぞ？」

「ノートナさんも忙しいんだし……男手が欲しいけどちゃんと見送らないとね？　ノートナさんは冒険者なのですか？」

ソフィアが一瞬、頭にお花畑があるのかと思われる発言と、不穏なワードを零したが、アントンはスルーして返事をする。

「まあ、な。お前達に言っても仕方ない。朝食助かった、じゃあな」

「あ……」

何か言いかけていたメルティを無視してアントンは家を後にした。

「さて、今日こそは見つかるといいけどな」

家の外でひとり呟くと、昨日回った場所を重点的に探していくアントンだが、

「今日もどこにもいねぇ……どうなってんだ？」

メルティの家を出てすぐにギルドへ向かったが、早朝にもかかわらずルーナは現れなかった。

昼に〝山の宴〟でランチを食べに行くもやはり働いておらず、別の女の子が忙しく動いているだけだった。

「〝山の宴〟には夜も行ってみるとすっかな。ああ、そうだ、あいつは釣りが趣味だったっけか。一応水辺も見に行くか……と、その前に」

アントンがぴたりと立ち止まり、先ほどから後ろにある家の陰でチラチラこちらを見ている人影に声をかける。

「おい、いるのはわかってるぞ？　とっとと家へ帰れ！　また変なのに絡まれたいのか？」

「ば、ばれてた⁉」

ひょこっとメルティが顔を出す。なんでばれたんだろうと困惑顔である。

「朝からずっとついて来ていたな？　ガキの尾行なんざお見通しなんだよ。いいから帰れ、また倒れるぞ」

ほら、と背中を押すがメルティは「んー！」と抵抗する。

「(……昨日助けたのは失敗だったか……普段やらねぇことをすると面倒なことになるっていい例だな)」

「どこに行くの？」

メルティがふいにアントンの行き先を聞いてきた。少し思案し、これならビビるだろうという答えを聞かせてやることにした。

「ちょっと町の外まで行くんだよ。お前なんか魔物にすぐ食われちまうだろうなあ？」

イヒヒと意地の悪い声で笑うが、メルティは逆に張り切っていた。

「そうなんだ！　わたしもお母さんとキノコを採りによく森へ行くよ！　魔物さんが出ない森の入り口だけどね！」

えへへ、すごいでしょとはにかむが、アントンは予定通りことが運ばず苛立ちながら口を開く。

「そうかそうか、すごいなー……じゃあな」

もう置いていった方が早い。

今度何かあっても助けまいと心に誓い、メルティを置いて歩き出すと、またマントを引っ張られ首が締まる。

「ぐえ!?　お前、それやめろ!?　地味に効くんだぞ!?」

「お兄ちゃん、武器がないのに森へ行くの？」

「お、おお……」

メルティに言われてハッとする。そういえば武器は貰えなかったんだ、と。

弱いホーンドラビットのような魔物であれば武器無しでもなんとかなるだろうが、ワイルドバッファロークラスの魔物に出くわした場合、倒すのはほぼ不可能だ。

「そうだな。今から買いに行くところだったんだ」

『実は持っていなかったのを忘れていた』など、この子供に悟られるのは恥ずかしい。なんとなく強がってしまった。

しかしメルティはそれを聞いて満面の笑みを浮かべ、アントンの手を引っ張る。

「そうなんだ！　じゃあ、お父さんが使っていた剣があるから、それを取りに行こう！」

「はあ？　いや、いらねぇよ。買いに行きゃいいだろうが。お前だけ帰れよ」

「んー！」

今度は頬を膨らませて、アントンの手をぎゅっと掴み抵抗する。

昨日の咳と倒れたのはなんだったのかと思うくらい元気だ。

結局手を離さないので、ずるずると引っ張りながら武器屋へ向かうため通りを歩いていたが、周りの人がひそひそし始めたので、アントンは仕方なく折れることにした。

「……わかった。お前の家に行くから手を離せ……目立って仕事にならなくなる……」

「ほんと！　やったぁ！」

手を離したので一瞬逃げ出そうとしたが、明日以降もこの町でルーナを探さなければならないのだ。メルティが探しに来たら困ると思い、ついて行くことにした。

「ただいまー！　お母さん、お父さんの剣ある？」

「おかえりなさい。あら、ノートナさんも」

「……不本意だがな」

「ねえねえ、お母さんー！」

ぴょんぴょんとソフィアへ飛びつくメルティを見て、やはり病気には見えないとアントンは思う。

メルティが耳打ちすると、ソフィアははいはい、と言いながら奥の部屋へ剣を取りに行き、ほどなくして戻ってきたその手には一振りのロングソードがあった。

「どうぞお持ちくださいな。亡くなった主人のものですけど、確かドラゴンスレイヤーとかいう剣らしいですよ」

剣の鍔(つば)にあたる部分はドラゴンの翼を模したような細工になっていて、そう言われればなんとなく雰囲気のある剣のような気がした。

「俺はくれるならなんでも貰うが、大事なものなんじゃないか？」

「いいんですよ、主人が『ドラゴンスレイヤーを手に入れたぞ！』とか言って買ってきたんです。けど、鑑定したら普通の剣と言われて酷く落ち込んだ物なので。形見の品はほかにもありますし、貰ってください」

うふふとソフィアが笑い、体よく在庫処分をさせられた気がしてアントンは黙る。

しかし、鞘から抜いてみると剣そのものの切れ味はよさそうで、少なくとも以前自分の持っていた鋼の剣よりは強そうだと感じた。

「ならありがたく貰っていくぞ。邪魔したな」

アントンが腰に剣を下げて家から出ていこうとすると、メルティが元気よく声を上げる。

「行ってきまーす！」

「気を付けてね。ノートナさん、夕飯までには帰ってきてくださいね？」

「待て、どうしてお前がついてくるんだ。それに俺がこの家に帰ってくる前提で話を進めるな」

「え？　剣をあげる代わりにウチの子の面倒を見てくれるのでは？」

ソフィアが首を傾げてさも不思議そうに言う。

「お兄ちゃん、行こう？　キノコ採ってもいいかなあ」

剣を貰った手前逃げるわけにもいかず、かといって剣を突っ返すとメルティが泣くのは目に見えていた。

「……今日だけだからな」

この子はなんで俺に執着するんだ？

アントンは、帰ったらソフィアに聞こうと思い、なんとかそれだけ言うことができた。

そして――

「ふんふんふんふんーん♪」

籠を持ってのんきに鼻歌を歌うメルティと一緒に森の入口付近を歩いていた。

だがアントンの目指すのは水辺なので森の中に用はなく、森へ入ろうとしたメルティの首根っこを掴み、

「そっちじゃねぇ、こっちだ」

と、方向を変えるように声をかける。

「キノコ、そっちにはないよ？」

「俺には俺の用事があるんだよ。キノコが欲しいならひとりで行け」

常に一緒にいるようには言われていない。アントンはメルティの首根っこを離し、以前ルーナがレジナ達と出会った水辺へと向かう。

釣りをするには最適なスポットだと、パーティを組んでいる時に聞いたことがあったからだ。

「ぶー。キノコも採りに行こうねー」

結局ひとりだと怖いのか、メルティは渋々アントンの後ろを追いかけながら不貞腐れていた。

「気が向いたらな」

メルティがアントンのマントを掴もうとするのを防ぎながら歩いていく。屈強な体つきの釣り人が何人か釣りを楽しんでいたが、ルーナの姿はなかった。

「(ここもハズレか……もう町を出たとかじゃねぇだろうな？)」

流石に二日連続で見つけきれないとなるとアントンにも焦りが出始める。裏筋の依頼で鉱山を免れているため、あまり長居したい町ではない。

「わーい！　海だー！」

「あ、おい走ると――」

ひとり考えているとメルティが湖へダッシュする。それを見て咄嗟に注意するが、
ズベシャ!!

案の定頭から砂浜へダイブするメルティ。

「うえー……ぺっぺ……砂が口に入っちゃった」

「ここは湖だからな？　それと忠告する前に走るからだ。ほら、これで口を洗え」

指先からチョロチョロと水魔法を出し、口の中と顔を洗わせる。

「がらがら……ぺぇ！　ありがとう、お兄ちゃん！　ここでお魚を釣るの？」

「いや……もうここに用はないから戻るぞ」

「そうなんだ？　ちょっと海に入ってもいい？」

こうなっては誰かに聞くしかないと思っていたアントンは、もういろいろと面倒くさくなっていた。

好きにしろと砂浜に腰を降ろしてメルティを見送って呟く。

「さてどうしたもんか。ギルドに聞くのが手っ取り早いけど、イルズやファロスに聞くのはかなり危険な賭けだ。ほかに心当たりがありそうなのは……」

「わ、冷たいー!!　貝がいっぱい落ちてるー」

アントンがそんなことを考えていると、楽しそうにメルティがはしゃいでいる声が聞こえ、顔を上げた。

するとメルティの近くで釣りをしていたおじさんが、そんなメルティを微笑ましそうに見て話しかけていた。

「お嬢ちゃん、楽しそうだね。お兄ちゃんと遊びに来たのかい？　え!?　仮面？　なんて怪しいんだ……」

「お兄ちゃーん、貝！　こんなにいっぱい！」

おじさんはゴクリと唾を呑みこむが、メルティが元気にアントンへ話しかける。それを見たおじさんも気にしなくなる。この子が懐いているんだから大丈夫だと思ったのだろう。

「うん！　後でキノコも採りに行くんだー」

「ほう、そうかい。じゃあ元気なお嬢ちゃんにはこれもやろう。さっき獲れた〝オツカレイ〟だ。煮つけにすると美味しいぞ」

「大きいー。おじちゃん、ありがとう！　お兄ちゃん、見て見て、もらっちゃった！」　桶に入った平たい魚が面倒くさそうにこっちを見ている……ような気がした。諦めた顔に見え、なんとなく自分と重なったアントンは魚から目を逸らす。

「よかったな……」

「兄ちゃんは元気がねぇな？　ちゃんと飯食わないとダメだぞー！」

はっはっは！　と豪快に笑い、おじさんは町の方へと歩き出していた。

「そろそろキノコ採りに行こう？」

「もう疲れたから帰りたいんだけどな？」

まったく聞こえていないメルティが元気よく森へと歩き出していった。一応武器はあるが、森の中では何があるかわからないので町に近いところで採取させる。

「キノコいっぱいだねー！」

持ってきた籠がパンパンになるまでキノコを採り、メルティはご満悦の表情だった。

それに対して桶に入ったオツカレイを持ったアントンの表情は暗い。

「(俺は何をやってるんだ？　ガキのおもりをしに帰ってきたわけじゃねぇだろ……)」

「～♪　……ごほ　～♪　……ごほ、ごほ」

鼻歌を歌いながら歩くメルティの様子がおかしくなる。さっきまで元気だったのに、咳が止まらなくなっていた。

「おいガキ、どうした？」

「ん、んーん！　なんでもないよ！　ごほ！　ごほ！」

よく見ると顔が青くなっており、息苦しそうに胸を押さえていた。

「なんの病気なんだ、お前？　元気だったと思ったら急に咳しだすなんてよ」

「……わかんない。お母さんは『大丈夫』って言ってたから大丈夫だよ、きっと」

しばらくそんな話をしながら歩いていたが、いよいよメルティが歩けなくなったのでアントンは背負うことにした。軽いな、と思いながらまた歩き出す。

「ごめんなさい……」

「ホントだぜ。これに懲りたら出歩くのを止めるんだな……おい、聞いてるのか？」

「すー……」

メルティはアントンに背負われたまま眠ってしまった。はしゃぎ過ぎて疲れたのか病気のせいかはわからない。

「ガキはこれだから嫌いなんだ……」

手には〝オツカレイ〟の桶とキノコの籠、背中にはメルティとなんだか情けなくなってきたアン

トンは、ソフィアの家へと戻っていく。魔物に会わなかったのは幸いだなと思いながら、

「(仕方ねぇ、明日はイルズのやつにでも聞いてみるか)」

と、決意をする。

ピチョン……

「あん?」

ふと桶を見ると、どこを見ているかわからないオツカレイとまた目が合ったような気がして、アントンはため息を吐くのであった。


「戻ったぞ……」

アントンがドアを開けると、ソフィアが出迎えてくれた。妹のメアリも「おかえり!」と元気だ。

「おかえりなさい。あら、メルティ、寝てるんですね」

「ああ、面倒くさいことこの上ない……それとなんか魚を貰っていたぞ、こいつも受け取ってくれ」

「あ、はい。立派なお魚ですね!」

ソフィアが台所へ魚を置きに行った隙に出ていこうとしたが、マントを掴まれていてメルティを置いていくことができなかった。

「すいません、寝室へ運んでもらえますか?」

「チッ……」

舌打ちをしてアントンはメルティを抱えて寝室へと運び、ソフィアの手でマントから引き離すこ

とに成功した。

とりあえず話を聞いてみるかと、椅子に腰掛けてソフィアへ問いかける。

「あのガキはなんで俺につきまとう？　仕事がしにくくて仕方ねぇ。それと急に具合が悪くなるのはなんだ？」

アントンが苛立たしげに捲し立てると、ソフィアから思いもよらぬ言葉が出てきた。

「……ノートナさんに言っても困ると思って黙っていたんですけど、あの子、あまり長く生きられないんです。よくて三年。運が悪ければ二年だとお医者様が……。薬を持たせていたんですけど呑まなかったんですね、あの子」

「……!?」

ソフィアの表情から嘘ではないと判断して動揺するが、アントンは悪態をついて悟られないようにする。

「……ふん、そういうことか。急に具合が悪くなるたぁいい迷惑だぜ。……で、病気は治らないのか？」

「ええ、先天的な病気は魔法でも治らないと寺院で言われました。お医者様が言うには身体の中が少しずつ破壊されているそうです。お薬で症状を緩和させているんですけど、急に咳が出たり全身が痛み出すみたいで……。それに病気の進行は止まらないのでやがては……」

「……」

「あなたについて回るのは、昔から兄が欲しいと言っていたからだと思います。フフ、あの子の嬉しそうな顔を見ると好きなことをやらせてあげたいと……申し訳ないと思いつつ遊ばせていました」

ソフィアはすみませんと頭を下げ、

「事情はわかったが、俺にも仕事がある。これ以上は――」

と、アントンが口を開くと、ソフィアは頭を上げて微笑み、アントンが言い終わらないうちに話を続ける。

「はい、こちらの我儘でこれ以上はご迷惑でしょうから、このまま家を去っていただいて構いません。できればいてほしいところですが……」

「……出ていくに決まっているだろ？　今後はあのガキがチョロチョロしないようにしてくれ」

そう言い放つとソフィアは少し寂しそうな顔で頷いた。

「はい……。あの子もこの二日間は満足だったでしょう。きちんと言い聞かせますわ。我が家には、その剣くらいしかお礼になるような物がなくて申し訳ありません。本当にありがとうございました。最後に顔だけ見てあげてくださいませんか？」

最後だからな、とアントンはメルティの部屋へ入り顔色を確かめる。先ほど青ざめていた顔も、今は赤みがさしており、とりあえずは大丈夫そうだった。

「んー……お兄ちゃんのおよめさんになるねー……」

えへへと寝ながら笑い、何かいい夢でも見ているようだったが、アントンは鼻を鳴らして部屋を後にする。

「ガキに興味ねぇんだよ、俺は」

「ふふ、そうですよね。それでは……」

ソフィアが最後にありがとうございましたと微笑み、パタンと家のドアが閉じられた。

「……」

アントンは一度だけメルティの家を振り返った後、ルーナを探すため、ひとり〝山の宴〟へ足を運んだ。だが、収穫はなく、その日は宿を取った。

——そして、アントンはまた夢の中で過去の自分をぼんやりと他人事のように見ていた。

（チッ、なんだよ、使えねぇな……弱すぎるやつに用はねぇんだよ！）

（う、うわあ⁉　お、お前が囮になれ！　ゆ、勇者なんだろ⁉）

（仲間を見捨てて逃げるとはクズだな。今回は全員助かったから罰金だけで許してやろうじゃないか？　ほら出せよ）

腰抜け野郎がよく言うぜ、とアントンは当時のことを思い出し舌打ちをすると、場面が変わる。

（おら、出ていけ。もうパーティにお前は必要ないんだよ！）

「クソ共が……！」

（アントン、てめぇ裏切りやがったな⁉）

「騙される方が悪いんだろ？　ははは、パーティは解散だってギルドに伝えておいてやるよ！」

（アントン⁉　待ちやがれ！　お前だけ逃げようったってそうは……うわああ⁉）

仲間とも呼べぬ冒険者を出し抜いたアントンはボロボロになりながら、アルファの町へ辿り着いていた。

「男はダメだな。女を仲間にした方がいいか」

（あら、あなたが勇者？　私はディーザよ、好みの顔だからパーティを組んであげる♪）

（え？　アタシでいいのか？　んー、まあパーティに入るのは構わないぜ？　フィオナだ、よろしくな勇者さんよ！）

（フ、フレーレです！　か、回復はお任せください）

三人の女をパーティに引き入れ、それなりにではあったが稼ぎもあり、ここまでは順調だった。

だが——

（私、ルーナって言います！　冒険者になりたてですけど、補助魔法で皆の能力を上げて頑張っちゃいますね！）

ルーナだ。

なぜかルーナを見た瞬間、心底手に入れたいと思い勧誘した。

だけどこいつが加入してからが再び転落の始まりだったと目を細めるアントン。

（ま、待ってくれよ！　アタシを置いていかないでくれよ！）

「う、うわあああ!?　隻眼（せきがん）ベア!?　お、お前が狙われているんだろ？　俺達が逃げる間にお前が襲われていれば時間稼ぎになるからな！」

（……っ）

フィオナを置いて逃げ、ルーナを突き飛ばして囮にしたことを冷静に思い出し、呟く。

「……やっていたことはあいつらと同じ、か……」

なるほど、周りから見ればどれほど滑稽で馬鹿なやつだったかとアントンは理解した。

それともとっくにわかっていたのか……

次になぜかメルティの言葉が聞こえてきた。

（優しいお兄ちゃんがね！　助けてくれたんだよ！）

「……」

（後、二、三年しか生きられないんですよ）

「……」

アントンは細めていた目を瞑り、次に目を開けた時は見慣れた宿の天井だった。

「だからどうしたってんだ……」

アントンは目を覚ますと同時に一言呟き、上半身を起こして頭を掻く。

「そうだった、昨日は宿屋へ泊まったんだっけな」

メルティの家から出た後、やはりルーナには会えず、仕方なく宿屋へ泊まったことを思い出した。

夢見が悪かったせいか、仮面のせいで顔を洗えないことに苛立ち、朝食もそこそこに宿を出る。

向かう先はギルドで、受付のイルズなら何か知っているであろうと算段をつけて聞いてみるつもりだった。

「ん？」

「――だから無理だと言っているだろ？」

「そこをなんとか頼んでいるのではないか！」

ギルドへ入ると、イルズと誰かが言い争っているところに出くわした。

巻き込まれては面倒だと思い、奥のテーブルへ避難して耳を傾ける。

「朝からうるせぇな……。見たことない顔だが、新入りか？」

イルズと言い争いをしているのは侯爵のフォルティス。ルーナにちょっかいを出すようになってからギルドに出向くことが増えたので、アントンはフォルティスを知らなかった。

言い争いが終わるまで待つかと椅子に背を預けるが、その直後に衝撃的な言葉を耳にする。

「頼む、教えてくれ！　ルーナはどこの村出身なんだ？　お前なら知っているだろう？」

「お前、流石に侯爵様でもそれはダメだ。本人から聞いてくれよ」

「教えてくれなかった上に、私は置いて行かれたのだ！　もういい！」

「……今のやつ、ルーナの故郷を聞いていた？」

イケメンの貴族がルーナの故郷を聞きたがっている意味がわからんと、アントンは首を傾げる。

そんな中、別の冒険者がイルズに話しかける。

「相変わらず侯爵様は、ルーナちゃんにお熱みたいだね。彼女、今は里帰り中なんだろ？　レイドさんとフレーレちゃんと一緒に」

「ああ。まさかフォルティスがあんなにルーナちゃんに入れ込むとは思わなかったよ……。パリヤッソのやつが『決して居場所を話さないでください！』と懇願してきたくらいだ」

「へえ、『疾風の死神』パリヤッソさんがねぇ。よほど苦労してるな、ははは！」

「違いない。フォルティスには悪いが、守秘義務があるからな。ルーナちゃんとしっかり仲良くなれってことだな」

「それ、魔王を倒すより難しいんじゃないか？」

「……」

そこまで聞いたアントンはギルドを出てため息を吐く。なるほど、いくら町を探しても見つからないわけだ。ルーナが里帰りをしている情報は大きな収穫だった。

そしてふと、しばらく帰ってこないのではという考えに至った。

「まいったな。そのうち戻ってくるみたいだが、このまま待っていいもんなのかね？」

監視はついていると言っていたが、今のところそういった人物が姿を現す様子はない。

もしルーナの故郷がわかっていたらそちらへ向かわせただろうから、恐らく見張りとやらも知らないのだろう。

「まあ、適当に暇を潰すしかねぇな」

アントンは二度寝でもするかと宿へ向かおうとして、とある建物から見慣れた親子が出てくるのを発見する。

「あれは……病院か？」

ソフィアとメルティが遠ざかった後、アントンは病院へと足を向け、ドアを開けた。

カランカラン……

ドアを開けると来客を告げるベルが鳴り響き、構わずアントンは奥の診察室へ入っていく。

「邪魔するぞ」

「なんじゃい、今日はもうお終いじゃ、また明日来てくれんかのう。って元気そうな上に、怪しい仮面……」

白髪眼鏡の、おじいさんと呼んで差し支えない医者がアントンを振り返って目を細める。

「少し聞きたいことがあるだけだ。さっき出ていった親子、娘が病気だったと思うが、本当に治らないのか？」

「ん？　お主、知り合いか？　……事情は知っておるようじゃから省くぞ？　そして残念じゃが、ワシらでは無理じゃ」

「そうか」

と、予想通りの答えを聞いて返事をしたが、言葉の中に違和感を感じて聞き返す。

「ちょっと待て。『ワシらでは』ってことは方法があるのか？」

アントンは身を乗り出して医者に詰め寄るも、医者は頭を振ってそれを制す。

「ないわけではない。が、霊峰にいるという不死鳥の血か、命の水と呼ばれる霊薬『アムリタ』しかあの子を治す方法はない。前者は見つけることができても倒せるとは限らんし、霊薬はどこにあるかもわからん。それも含めて『ワシらでは無理』だと言うたのじゃ。それでもあの子は、ワシの薬を呑み続ければ後三年は生きられるじゃろうて」

「確かにそれは――」

難しいというか探し出すだけで、三年くらいはあっという間に経ってしまうだろうとアントンは思った。

「可哀相じゃがな。裏のオークション等で出回ることもなくはない。じゃが、そういった類の物があったとしても手が出せる金額ではあるまいよ。さ、わかったら帰った、帰った」

「お、おい、話はまだ……！」

医者でじいさんのくせに妙に力強いなと、抵抗しているとふいに診察室の入口から声がかかる。

「先生、今の声は？　あ、てめぇ、先生に何しやがる！」

「あ」

と、間抜けな声を出してアントンは医者の襟首から手をゆるめ、呆然とする。

そこに立っていたのはかつての仲間で、自分を刺した女……フィオナだった。

「おら、放せって」

「あ、ああ……」

フィオナに引っ張られ医者を解放し、フィオナをまじまじと見ると、

「(目の下にクマか。こんなに痩せこけちまって……)」

夜を共にしたこともあるアントンは、フィオナを見てやるせない気持ちになる。そのままフィオナの肩を掴もうとしたがやめた。

「(これも俺のせいか……)」

「元気なやつが病院に用はねぇだろ？　ケガをしたらまた来な！」

結局何も言えず、アントンは外へ追い出され、ご丁寧に『クローズ』の看板を立てられた。元気

なのが幸いか……そう思いながらアントンはフラフラと町中へ戻っていく。

「……ルーナがこの町に帰ってくるまで何をするかね」

やっぱ二度寝かと宿屋へと戻るアントンだった。

第六章

「本当に申し訳ない」

「ごめんね、フレーレ」

フレーレに渾身（こんしん）の一撃を受けて昏倒したお父さんが復帰し、開口一番、頭を下げて謝罪をする。

お父さんの隣に座る私もフレーレに謝った。

ちなみにあの赤い液体はケチャップで、片づけに時間を要したことは言うまでもない。

なぜこんなことをしたのかというと、ちょうど外に出た時、村の入り口にいる私を見つけて驚かせようと、慌てて仕込んだのだそうだ。

まさかパーティメンバーを連れてくるとは思っていなかったらしい。近づくのは私だと確信して抱きついたと白状した。

私は抱きついたのがレイドさんだったら、きっと大惨事だったに違いないと震えた。

「い、いえ、こちらこそ殴ったりしてすみませんでした……」

フレーレも頭を下げると、お父さんがすぐ調子に乗り始めた。

「そうですか！　そういっていただけると助かりますよ！　いやあ、抱きしめた時の柔らかい感触！　本当にありがとう！」

ゴトリ……

フレーレが笑顔のまま、磨き抜かれたメイスをテーブルの上に置くと、お父さんから冷や汗が噴き出る。そして焦りを隠すように咳払いをして挨拶を始めた。

「ごほん！　では改めまして、ようこそアラギ村へ！　私がルーナの父です」

「え、あ、はい。わたしはフレーレと言います。ルーナとパーティを組ませてもらっています！」

「俺はレイドです。ルーナちゃ……さんとは一時的にパーティを組ませてもらっています。よろしくお願いします」

「わふ!!」

「きゅんー♪」

「きゅきゅん！」

〈コ、コンコン……〉

お父さんの足元にレジナ達が来て頭をぐりぐりと押しつける。チェイシャには喋るなと言っておいたので、ちゃんと動物っぽいけど雑な鳴き声を出してくれた。でも狐はコンコンとは鳴かないんだよね……

お父さんはうんうん、とニコニコしながら狼達を撫でた後、レイドさんとフレーレに目を移して質問を始めた。

「それで、おふたりはカップルなのかな？　それでソロのルーナとパーティを組んでくれたのかい？　それなら俺も安心できる」

「い、いえ……わたし達はそういうのじゃありません」

「俺達はお互いソロで活動していたんですけど、いろいろあって今はルーナさんと行動を共にしています。ルーナさん達にはいつもお世話になっていますよ、ありがたいことです」

レイドさんがにっこりと笑うと、先ほどまでにこやかだったお父さんの態度が急変する。

「何？　それじゃあ君は、彼女でもない女の子ふたりとパーティを組んでいると？　……どっちだ！　どっちが本命なんだ!?　ルーナか？　ルーナだったら許さんぞ！　ハッ!?　ま、まさかお前、ふたり共……しかもいつもお世話になっているってなんだ!?　夜のお世話じゃないだろうな!?」

お父さんの悪い癖が始まった!?　昔から私に男の子の影があるといっつもこうなのよね……パーティを組んでいるから大丈夫かと思ったけどダメだったみたい。

気が付くとフレーレが真っ赤になって俯き、お父さんがレイドさんの首を絞めていた。

ああ!?　止めないと！

「お父さん！　レイドさんはそういう人じゃないから！　同じ勇者でもアントンとは違うから！」

「可愛い子をふたり連れてなんてうらやま……勇者だって？　本当か？」

レイドさんがコクコクと頷くと、ようやく首から手を離した。

「いやあ、すまなかったね！　いつもルーナがお世話になっています！　……で、アントンという男は何者だ……？」

しまった、余計な情報を与えてしまった！

すると今度はフレーレが事情を説明する。

「アントンは以前、わたしとルーナが組んでいたパーティのリーダーです。彼は勇者の恩恵を持っていたんですけど、わたしやルーナにちょっかいをかけたり、いろいろありまして……」

「……ほう」

お父さんの目が鋭く光る。これはアントンを見つけたら殺すという目だ。

「だ、大丈夫よ！　アントンは犯罪奴隷になって鉱山送りになったから、もう会うこともないし！」

「そうか、なら安心だな！　おっと、すまない。お茶をまだ出していなかったね！（……鉱山か）」

「ヒッ!?」

横を通る時に何やらボソッと呟いたのをフレーレが聞き、何かに怯えていた。

「きゅーん……」

「きゅきゅん……」

チビ達もお父さんの剣幕に怯えてしまい、私やフレーレの膝に乗ってくる始末だ。シロップには甘噛みをさせて落ち着かせる。

で、お父さんがお茶を持ってきてからようやく話が弾むようになってきた。

「手紙にあったように、デッドリーベアに襲われたり、ダンジョンで危ない目にあったりと大変だったみたいだな。それにヘブンリーアイランドだって？　大冒険じゃないか、ルーナ」

「そうなのよ。まだ三か月くらいだけどレベルも上がったし、お金もいっぱいになったわ。これもふたりのおかげなの」

「いえ、わたしもルーナにはいつも助けてもらっていますよ」

「いざという時の補助魔法は抜群に頼もしいですからね」

フレーレとレイドさんがフォローを入れると、お父さんが腕組みをしながら頷く。

「うんうん、そうだろうそうだろう。ウチのルーナは賢いし、補助魔法は一級品だ！」

「ちょ、ちょっと持ち上げすぎだから！　それよりせっかく村まで来てくれたんだし、おもてなしをしたいと思うんだけどどいいかな？」

「お、いいぞ。どうする？」

「私、アレがいいかなと思うんだけど。デスクラブ！」

わざわざ故郷まで来てくれたふたりに、おもてなしとしてデスクラブを出したいと言うと、お父さんが張り切って答えてくれた。

「デスクラブか。ありゃ確かに美味いし、この辺じゃないと生息していないから、ちょうどいいな。今から獲りに行けば夕食には間に合うし、行くとするか」

「腰は大丈夫なの？」

「お前の送ってくれたお金で、ボチボチ隣町の病院には通ってるから、派手に動かなければ大丈夫だよ」

隣に座る私の頭をしゃかしゃかと撫でニカッと笑う。

「それじゃあ、デスクラブを狩りに行きますか」

と、席を立つ私に、ふたりが話しかけてくる。

「俺達も行くよ、ルーナちゃん達が留守の間、家にいるのも落ち着かないしね」

「そうですよ！　ちょっと珍しい魔物みたいですし、見てみたいです」

するとそこへお父さんが声をかけた。

「お、来てくれるのかい？　なら、ちゃんと装備をしておいてくれ」

「え？　あ、わかりました」

「結構強い魔物だったりするんですか？　お父様はラフな格好ですけど……」

レイドさんとフレーレが首を傾げている。

「うーん、強いというか……見てもらった方が早いかも。お父さんは慣れているからあれでいいの。補助魔法は着いてからでいいかな？」

とまあ、こんな感じでトントン拍子に話が進み、私達は村の裏から山へと足を運ぶ。

しばらく川沿いを歩いていると、レイドさんが珍しく感嘆の声を上げた。

「こりゃすごいな、立派な滝だ！」

レイドさんは滝に感動していたのだ。高さが結構あるからすごい迫力なのよね。ちなみにここは村から一時間くらいの場所である。

「きゅん！」

「きゅんきゅん！」

そんな中、シルバ達は岩の下にいるカエルや虫を捕まえて元気よく遊んでおり、馬車でじっとしていた鬱憤を晴らすかのごとくあちこち走り回っていた。

〈わらわ達は肉を獲りに行ってくる。蟹は任せたぞ！〉

「がう！」

チェイシャがお父さんに聞こえないよう私に話しかけ、レジナ達を引き連れて山の奥へと向かう。

この辺は野生動物を捕らえる罠を仕掛けたり、村人が歩いたりしていないのでレジナ達だけにしても大丈夫だ。

「遠くへ行っちゃダメよー」

「わふー」

「それで、デスクラブはどの辺りにいるんですか？」

チェイシャ達を見送った後、フレーレがデスクラブについて尋ねてきた。

「あの滝の裏に巣があるんだけど、そこから出てきたところを狙うのよ。だいたい一匹で出てくるから、後ろから近づいてハサミを切り落とすと後が楽ね！」

「手慣れているね。ルーナちゃんも獲っていたのかい？」

「はい、お肉以外の物を食べたくなる時もありますからねー。そういう時は釣りに出て、補助魔法を使って一緒に狩ってました！」

そう、お父さんが狩りに出ると肉ばかり獲ってくるので、私は自然と魚釣りをするようになったのだ。いつの間にか趣味にもなっていたけど。

「あちこち旅をしてきたけど、デスクラブは初めて見るなあ」

「そろそろ出てくるのを待つぞー！」

お父さんの合図で岩陰に身を隠し、デスクラブが出てくるのを待つ。

十分くらいしたところで、のそりと滝の裏からその姿を現した！

「え……？　も、もしかしてアレですか……？」

「思っていたのと全然違う……」

フレーレがデスクラブを見て驚愕し、レイドさんも目を丸くして見ていた。

「ハサミもあるし蟹でしょ？」

「そうじゃなくて！　なんであんなに大きいんですか！」

言われてみれば、初めて見る人はびっくりするかな？　デスクラブは『沢の主』とも言われる蟹で、大きい個体だと二メートルくらいになるのだ。

「あれは小さい方よ？　それじゃ行きましょうか！」

「待て、ルーナ、様子がおかしい……」

「え？　え？」

「今度はなんだ……？」

お父さんが口に指を当てて静かにと合図してきた。武器を手にして私達が様子を窺っていると、突然滝壺からバッシャーンと音を立てて何かが飛び出してきた！

「おお、あれはヘルロブスター！　一年に一回獲れるかわからんレアいやつだぞ！」

「す、すごい！　今日はご馳走ね、お父さん！」

お父さんの解説で私も大興奮！

ヘルロブスターは滝壺に潜み、川魚を主食としている。こちらも最大で二メートルほどになる魔物だ。

だけど、人間に対しては威嚇（いかく）してくるくらいで積極的に襲ってはこない。デスクラブとは仲が悪いようで、今のような状況だと確実に二匹が争う。ちなみにどちらも塩茹でにすると美味である。

「二匹が相手か。こりゃふたりに来てもらってよかったな、はっはっは！」

お父さんが笑い、私が倒す相手を決める。

「じゃあ私とフレーレでデスクラブを」

「俺とレイド君でヘルロブスターだな」

全員で頷き合い、散開する。

見ればデスクラブが獲った魚をヘルロブスターが横取りしようとしている。

お互い興奮して争っており、私達には気づいていない。

私達にかかれば、すぐ食材に早変わりすることでしょう。

「行くわよ！」

「はい！　ってどうします？　蟹さんはザリガニさんと戦っていますけど」

「むしろそこが狙い目ね。作戦はこうよ、フレーレはメイスを使うから、補助魔法をかけたフレーレが全力でデスクラブの背中を叩くの。その後で私がハサミを切り落とすわ！」

「ワイルドな作戦ですね……。もしかしてその大雑把な性格がトラブルーナに繋がる……？」

「まだ懲りてないみたいね？」

「ハッ⁉　じゃ、じゃあ行きましょう！」

逃げたか。後でゆっくり話をせねば。

「待って、《パワフルオブベヒモス》《ドラゴニックアーマー》《フェンリルアクセラレータ》」

上級補助魔法をかけると、フレーレがすごい勢いでデスクラブへ向かい、背後に立つ。

「えぇーい！」

フレーレがフルスイングすると、
ゴイイイイン！

と、いい音をさせてデスクラブの動きが止まる。

ギチギチ⁉

デスクラブが泡を吹きながらフラフラしたところへ、《パワフルオブベヒモス》で強化した私が剣でハサミを根元から断ち切る！

シャキン！

ギギギ！

ようやく自分が攻撃されたのだと気づいたデスクラブが、標的をヘルロブスターから私達へ変え、残ったハサミを振りかざしてくる。それを間一髪で避け、左のハサミを切り裂く。

ギギィ⁉

「二本目もオッケー！　フレーレ！」

「はい！」

私はデスクラブのお腹に剣を刺し、フレーレがもう一度背中をメイスで殴ると、デスクラブは大きな音を立てて動かなくなった。

さて、ヘルロブスターはどうかな？

ギュイギュイ!?

目の前でライバルが倒されて焦るヘルロブスター。そのため、後ろから接近していた影に気づくことができなかった！

「ははは！　久々にルーナの補助魔法で楽できるな！　そら！」

「本当は堅いんだろうけど、運が悪かったな」

ほぼ同時にジャンプしたふたりが一撃でハサミを落とし、着地と同時にレイドさんが髭を断ち、お父さんが頭を刺し貫いていた。何気にコンビネーションが絶妙だ。

「ふう、デスクラブに気を取られていたおかげで楽だったよ。補助魔法なしでまともに戦うのは骨が折れそうだ」

レイドさんがハサミを持ち上げて一息つくと、お父さんが意気揚々とロブスターに近づきながら私達に言う。

「こいつは滅多に現れないからラッキーだったな、ふたりとも！　さあ、解体して持って帰るぞ！　いやあ、今日はご馳走だな……はああ!?」

解体しようと腰を曲げたお父さんが呻き声を上げてそのまま膝から崩れ落ち、私は慌てて駆け寄る。

「どうしたのお父さん!?」

「こ……」

「こ？」

「腰をやった……」

ズベシャ……と、前のめりに倒れてピクピクするお父さん。

解体作業の人数が減った上、村まで連れて帰る荷物が増えた瞬間だった。

「お父さん、大丈夫？」

「きゅーん……」

シロップがお父さんの顔を心配そうにぺろぺろと舐めていた。

「お、おお……ありがとうな。すまん、補助魔法があれば大丈夫だと思ったんだが、ダメだった！　はっはっは！　いてて……」

フレーレがベッドへ寝転がっているお父さんにヒールを使いながら言う。

「ヘルニアは治ったようでクセになりやすいですからね。しばらく安静にしておいた方がいいと思います」

あの後、三人で解体作業を行っていると、狩りを終えたレジナ達が戻ってきた。

村へ帰る時は、体力を上昇させる上級補助魔法《バイタルギガース》をかけ、レイドさんがお父さんを背負って山を下りた。

ちなみに狩りも順調だったようでレジナの背に乗ったチェイシャが、

〈チビ達が頑張って獲ったんじゃ。お主達に負けまいと勇気を出しておったぞ〉

と、チビ達を褒めていた。

チェイシャってお母さんならぬお姉さんみたいなポジションかしら？

それはともかく、結構凶暴な魔物である〝グレイトタスク〟というイノシシを二匹で狩ったそうなので、かなり快挙だ！　私も二匹の雄姿を見たかったなあ。

「きゅんきゅん♪」

「きゅーん♪」

二匹が『褒めて褒めて』と頭をぐりぐりしてくる。私が抱きしめて頬ずりしてあげると二匹の尻尾がバッサバッサと大きく揺れていた。

「と、とりあえず俺が夕飯の準備をしておくから、お前達は温泉にでも入ってこい。馬車での旅で疲れているだろう」

フレーレのヒールが効いたのか、よっこらせと体を起こして提案してくれるお父さん。

そこへレイドさんが肩を貸しながら声をかけていた。

「俺も手伝いますよ？」

「うんにゃ、レイド君もお客様だ！　温泉でゆっくりしていってくれ」

「は、はあ……」

お父さんがよろよろと台所へ向かい、残された私達はお風呂の用意をして温泉に向かう。

私は久しぶりだけど、フレーレがとても上機嫌で浸かっていたのが微笑ましい。

気持ちよく家に戻るといい匂いが外まで漂っていて、中へ入るとお父さんが笑顔で声をかけてきた。

「見ろ、この料理の数々を！」

夕食は豪華そのもので、焼き蟹や炊き込みご飯、味噌仕立ての鍋などがテーブルに並んでいる！

お鍋も美味しかったけど、私とフレーレは無言で身の詰まっているデスクラブの足を食べ続けていた。

「どんどん食べてくれ！」

お父さんはというと、フレーレのヒールのおかげなのか、夜はキビキビと動いていた。

ヒールって腰に効くの……？

そんなお父さんも席に着いてレイドさんとお酒を呑み始める。

そこから四人で今までのことを話したりしていたんだけど、

「……女神の腕輪、ね」

お父さんには事情を言っておかねばと、女神の封印と腕輪について説明した。すると険しい表情で腕輪を触りながら私の目を見る。

「大丈夫なのか？　お祓(はら)いするか？」

心配してくれつつも、お父さんの目はなんだか冷ややかだった気がした。

すぐに笑顔になったけどなんだったんだろう……？

「事情はわかった。今後は『そういう場所』へ立ち入らないような依頼を受けてほしい。ルーナに何かあったらお父さん、ショックで死んでしまうよ」

「だ、大丈夫よ。滅多にそんなことはないって！」

〈……〉

「本当に頼むぞ？」

珍しくお父さんが神妙な顔で私達に注意をし、その日は疲れもあってすぐ休むことにした。

そして――

「ふんふふーん♪」

「あら、フレーレちゃん、昼間から温泉かい？　ふやけちまうよ？　ははは！」

近所に住むおばさん、マサラさんがご機嫌なフレーレに声をかけていた。暇があれば温泉に浸かっているのだ、そう言われるのも不思議ではない。

「せっかくの機会ですから、いっぱい入って帰りますよ！」

フレーレが意気込んでから浴場へ足を踏み入れるのを、私はシルバ達とボール遊びをしながら見ていた。

「ホント好きね、あの子。はい、シルバ！」

「きゅんー」

シルバが転がるボールを弾き、私に返してくると、それを今度はシロップへと転がしてあげる。

「シロップ、とっておいでー！」

「きゅきゅーん♪」

「きゅん！」

二匹は転がるボールに追いついてじゃれ始めたので、私はその辺にあった丸太を椅子代わりにしてレジナの背中を撫でてやる。

「わふ」

「レジナは行かないの？」

「わふわふ！」

〈子供に混じっては遊ばないと言っておるぞ〉

「そうなんだ、偉いわね、レジナは」

私の肩に乗ってきたチェイシャがあくびをしながらそんなことを口にする。

そんな感じで村に来てから数日が経った。レジナやチビ達もお湯を入れた桶に自分から浸かるようになったので、毛並みがつやつやに。さらに尻尾は以前よりもふさふさになり、チビ達が毎日見せつけるようにみんなの前で振っていたりする。

ちなみにレイドさんは朝、必ず村を散歩した後に部屋で読書をする。船でも読んでいたから好きなんだと思うけど、せっかくだから外に連れ出して一緒に遊んだりもした。

「いやあ、夕日がきれいだったな」

「でしょ？　ここ、私のお気に入りの場所だったんですよ！」

私とフレーレ、レイドさんの三人で屋根の上で寝転がる。段々と落ちていく夕日が見られてそれがとてもきれいなのだ。村で暮らしていた時、私はよくここでお昼寝をしていて、気づいたら夕日ということがよくあった。

するとフレーレがクスッと笑い、

「ふたりきりの方がよかったですかね」

と言った。私はまだレイドさんのことを詳しく知らない。

頼りにしているけど、恋愛の感情かどうかは私にはわからず、軽く笑ってフレーレに返す。

「みんな一緒だから楽しいのよ！」

「そういうものですか？」


そんなこんなでお父さんが元気だとわかったので毎日を遊び倒し、夜にはお父さんとゆっくり話もできた。

「冒険者になるって言った時は驚いたが、上手くやっていけているみたいでよかった」

「レベルはまだまだ低いけど補助魔法があるし、レイドさんやフレーレが手伝ってくれるおかげだよ」

酔って寝てしまったレイドさんと、また温泉へ出向いたフレーレがいないので、今はお父さんとふたりだけ。

テーブルを挟んで話をしていると、ふいにお父さんがおかしなことを言いだした。

「……ルーナよ、お前は幸せか？」

「急にどうしたの？」

「あ、いや、母さんがいなくなって俺ひとりで育ててきただろ？　母親に甘えたい時期もあったろうになと思ってな。それに、俺の治療費を稼ぐために冒険者をやる羽目にもなったし」

いつも憎らしいくらい大雑把なお父さんが、珍しく申し訳なさそうな顔で私にそんなことを言ってきた。

「もちろん……」

「もちろん……？」

ごくりと喉を鳴らすお父さん。

「……幸せよ。お父さんがいて、フレーレやレイドさん、レジナ達がいるし、アルファの町もいい人が多いしね。まあ自分が冒険者になると思っていなかったから、そこは意外だったかな」

「それは本当にすまん」

お父さんは冷や汗を流しながら手を合わせる。おかしくて笑っていると、お父さんが続ける。

「冒険者稼業は楽しそうだが、問題は女神の封印だな」

「うん、でも大丈夫じゃないかな？　どこにあるかもわからないし、お金も結構あるからアルファの町以外で依頼を受けることももうないと思うよ」

それを聞いたお父さんは、目を細めて私を見た後に一言、

「なら、安心だな」

と、言って笑って私の頭を撫でた。

「変なお父さん」

「はは、父親ってのはいつも娘が心配なんだよ。そろそろ寝るか。昔みたいに俺と寝るか？」

「子供じゃないんだからお断りよ！　馬鹿なこと言ってないで――」

小さい頃……？　私、どんな生活をしてたっけ？　お母さんが出ていって……お母さん、どんな顔してたっけ？

「ねえ、お父さん――」

『おやすみ、ルーナ……』

「……」

なぜか神妙な顔をしているお父さんに声をかけようとした瞬間、どこかで聞いたような声が聞こえてきて、私は意識を――

第七章

「さて、彼は頑張ってくれると思うかね？」

「ほっほっほ、期待してはいけません。アレは中途半端な勇者ですからな」

「ほう？　ではなぜ彼を推した？　失敗すればお前とて容赦はしないぞ？」

薄暗い部屋で威厳のある男と、中年と言って差し支えない、だがその体つきは鍛え上げられている男が顔を合わせて会話をしていた。

威厳のある男の鋭い視線を意に介さず、中年男性はにやにやと口の端を歪めながら言う。

「馬鹿となんとかは使いよう……彼には彼の役割があるのですよ。ほっほっほ」

「ふーん。まあなんでもいい。俺は女神の力が手に入ればいいからな。しかしどうしてお前は彼女が女神の力を持っていることを知っているのだ？」

「ほっほっほ、そこはご想像にお任せしますよ。ご安心ください、ルーナは必ずやあなた様のもとへ……」

◆◇◆

「いただきまーす♪」

「がう！」

「きゅきゅきゅん♪」

「きゅん！」

〈コンコン……美味いのう〉

ペット達にご飯を用意し、私達も朝食を始めると、レイドさんがぼーっとした顔でパンをもそもそ食べながらポツリと呟く。

「もうこの村に来て一週間か、早かったなあ」

「そうですねぇ。レイドさんにフレーレ、どうだった？」

「わたしは大満足ですよ！　この村で暮らしてもいいくらいです」

「俺も落ち着いたら、こういう村でのんびりしたいね。まあ今からでもいいんだけど……」

「はっはっは！　若い男手は喉から手が出るほど欲しいからいつでも歓迎だ！」

「きゅん！」

「チビも遊べるからいいみたいだぞ」

いつものごとくゆっくりとした時間を過ごしていたけど、やがて帰る時はやってくる。

私は特に急ぎの用事はないけど、レイドさんとフレーレはギルドの依頼以外も仕事があるため、一週間で出立すると決めていた。

最終日と言ってもやることは変わらず、フレーレは温泉を体がふやけるまで堪能。レイドさんは読書を楽しんで、私はシルバ達とお散歩をする。

そして最後の夜ということで、お父さんが〝ヘビーオックス〟を狩り、厚切りのステーキにしてくれた。

「肩ロースが美味しいのよね、この魔物！　というかお父さん、本当に腰は大丈夫なの？」

「フレーレちゃんのヒールのおかげかな？　すっかり平気さ。それよりも楽しかったよ！　また遊びにおいで！」

「こちらこそお世話になりました！」

「すみません、いろいろとお任せしてしまって」

フレーレとレイドさんが挨拶をしながらステーキを口に運ぶ。

狼親子とチェイシャにもお肉を一匹に一皿ずつ渡し、みんなで豪勢な食事を堪能していると、

「ふう、明日から頑張らないとな」

と寂しそうな顔でお父さんが呟く。

「またお金を稼いだら戻ってくるし、手紙も書くから我慢してよ。フレーレは温泉が気に入ったみたいだし、おチビ達ものんびり遊んでいたから半年に一回くらいとか」

「きゅきゅーん♪」

私の言葉にシロップがパタパタと尻尾を振ってお父さんの膝に乗ると、お父さんは優しく撫でながらレイドさんにお酒を注いで笑う。

「ははは、まあこんなところでよければいつでも……ほら、レイド君」

「ありがとうございます。そういえばお父さんとは初めて会った気がしないんですよ、どこかで会ったことがありませんか？」

レイドさんがグイッと呑みながら不思議なことを口にする。

「お父さんはこの村で過ごしているから、魔王退治に出ていたレイドさんと会うかなあ？」

私はうーんと唸りながら独り言のように呟く。お父さんも同意して、

「ルーナの言う通りだな。それはともかくレイド君、これからもルーナをよろしく頼むよ。勇者な

ら俺も安心して預けられる」

なぜかそんなことを言ったのだ。これにはレイドさんも面食らい、咳きこみながら答えた。

「は？　え、ええ、それはもちろん」

「(ですって、ルーナ。いいですねー)」

「(何？　なんのこと？)」

意図が読めないお父さんの言葉に首を傾げていると、フレーレがなんでもありませんよ、と口をとがらせてステーキをモグモグと食べだす。

〈ほほほ、いつの時代も女は色恋沙汰が好きじゃのう〉

小さい声でチェイシャが呟き肉を齧る。

だけどこの時。お父さんが言った言葉の意味はそんな甘いものではなかった。

私達が出立する日の朝、それは起こった。

「んー、おはようーって朝食がもうできてる!?　流石はお父さん」

「がう」

「きゅん！」

「きゅきゅん！」

「あら、レジナ達も早いわね。お水、飲む？」

私も水を飲みながら狼達とみんなが起きるのを待っていると、すぐにフレーレとレイドさんが起きてきた。

「おふぁようございますー……」

「おはよう、今日も豪勢だね、はは……」

フレーレは最後だからと、昨晩はさらに長く温泉に入りすぎて疲れたみたい。いつもは私より早いのに、すごく眠たそうな顔をしているのは珍しい。

一方のレイドさんはテーブルに並べられた食事を見てお腹をさする。昨日もたくさん呑み食いしたからね……

「きゅん！」

「きゅきゅーん！」

「わっふ！」

対する狼達は朝食に尻尾を振り、チェイシャがテーブルに乗って口を開く。

〈父上はおらんのか、なら喋ってもいいかのう〉

「おはよう。朝食があるってことは起きているハズなんだけどね？　二度寝しているのかもしれないし、ちょっと見てくるわ。先に食べていいよ！」

私はお父さんの寝室へと向かい、ドアをノックしながら呼びかける。

「お父さーん、みんな起きたわよー。張り切って作ったんでしょ？　昼前には乗合馬車が来るし、一緒に食べましょう！」

だけどシーンとしたまま、部屋からは返事がない。

「開けるよー？」

扉を開けると――

寝室には誰もいなかった。いたずらの可能性もあるので、念のためクローゼットを開けてみるけどやはりもぬけの殻。

どうやらいたずらをしているわけではないらしい。

さて、どこへ行ったのかと考えていると、ベッドの横にある机の上に封筒があるのを発見する。

「……手紙？」

誰かに出すつもりなのかなと思い、封筒をチラ見すると『ルーナへ、開封するべし』と書かれていた。

「もう、帰る日なのにまたいたずら？　どこにいるか探せとか書いてそうね」

封筒を持ってダイニングへ戻り、お父さんがいないことをふたりに話す。

「……またいたずらじゃないでしょうか？」

最初にその犠牲になったフレーレが怪訝な顔で呟くと、苦笑しながらレイドさんが私に言う。

「手紙にはなんて書いてあるんだい？　あの人が出発を見送らないとは考えにくいから、やっぱりいたずらかなあ」

レイドさんもすっかりお父さんに毒されてそんなことを言うが、気持ちはわかる。

「えーっと……『ルーナへ、お父さんはしばらく旅に出る』……へえ、旅か、いいなあ……って、はあ!?」

「ど、どういうことですか!?」

「続き、読むわね……」

ルーナへ

急で悪いが、お父さんは旅に出る。しばらく戻ってこないからそのつもりで——と言いたいところだが、お前は女神の封印を巡り、アイテムを回収しながら俺を探せ。

理由は……そうだな、俺のところまで辿り着いたら教えてやる。お前が忘れているであろう、十年前のことも。女神のアイテムを回収していけばおのずと思い出す可能性もある。だが、これは賭けだ。

お前は腕輪を持っているが、女神の装備は全部で七つ。そしてそのうち一つは俺が持っているから残り五つある。これを集めて行けば自然と俺に辿り着くはずだ。

まあ、集めるのが嫌ならそれでもいいんだ、強制はしない。その場合は好きに生きてくれ。

その時はお前ともう二度と会うことはないだろう。お父さんは寂しいが、そういうものだと思ってくれ。

一つ言えるのは、お前が腕輪を手に入れたのは偶然じゃない。好きに生きていいとは書いたが、それは難しいかもしれない。恐らく強制的に力を引き寄せる可能性が高いからだ。

お前が無事に俺のところまで来るのを待っている。

お父さんより

「な、何これ？　どういうこと、なの……」

「いなくなったんですか……？」

「待ってくれ、まだ続きが——なんだって!?」

そして最後の一文を読んでレイドさんが驚愕する。

追伸：レイドの妹、セイラは生きている。


「!?　なんでお父さんが俺の妹の名前を知っているんだ？　しかも生きているだって!?」

〈やはりか〉

「やはりって、チェイシャちゃんは何か知ってるんですか？」

フレーレが呟いたチェイシャに尋ねると、

〈少なくとも父上がタダものじゃないのは確かじゃ。ずっとわらわにとんでもない威圧をかけてきておったからのう〉

チェイシャがしれっとそんなことを言い、私達は驚いた。

「お父さんがそんなことを？」

私が冷や汗を拭っていると、フレーレが言う。

「あ！　そういえば手紙にも『お父さんより』って書いていますけど、名前はなんて言うんですか？　ずっと『お父さん』としか聞いていませんよ」

「え？　お父さんの……なま、え？」

フレーレに言われて咄嗟に名前が出てこなかった。そういえばなんだっけ……？

頭にもやがかかったみたいになぜか思い出せない……頭を抱えてよろける。突然腕輪が光り、そこでパッと思い出す。

「た、確か……ディクライン……そう！　ディクラインだわ！　間違いない！」

私が思い出すと、レイドさんは私の肩を掴んで青い顔をして、

「それは間違いないのか!?」

と、叫んだ。私はレイドさんの手にそっと自分の手を重ね、目を見て尋ねる。

「ど、どうしたんですか……？　すごい汗ですよ……？」

「ディクラインという名を昔聞いたことがあるからだよ。……俺が……俺が倒し損ねた魔王を倒し、行方をくらました……勇者と同じ名前だ……」

「「え!?」」

私とフレーレが驚く。ま、まさか、ねえ……？

〈なるほどのう、あれが魔王を倒した勇者なら、わらわに威圧を向けてしかるべき、か〉

「どういうこと？」

私は意味深なことを言うチェイシャに問いただした。しかしチェイシャは明後日の方を向いて話を続ける。

〈なんでもないわい。それにしてもルーナに女神のアイテムを回収しろとは、どういうことじゃろ

うな〉

「わからん……。勇者は魔王討伐の義務はあるが、女神の封印なんてお前のダンジョンで初めて知ったくらいだ。それにセイラが生きているというのも気になる。もしそうなら――」

なんだかレイドさんとチェイシャがヒートアップし始めた。私は慌てて、気づけばふたりの間に割りこんでいた。

「あれよ、お父さんのいつもの冗談よ！　ね？　もう、どこに隠れてるの、お父さん！」

「ルーナ、落ち着いてください。大丈夫、大丈夫ですから取り乱さないで」

フレーレがふいに私を抱きしめてくる。

「わ、私、取り乱してなんか……」

そうフレーレに言うと、

「……ごめん、俺も突然のことで焦ったけど、ルーナちゃんが当事者だ。君のことを先に考えるべきだった」

レイドさんが私に頭を下げてくる。

「や、やだなー！　私なら、だ、大丈夫ですよー！　あ、あれ」

「なら、どうして泣いているんですか？　心配をかけたくないのはわかりますけど、パーティなんですからもっとわたし達を頼ってください！」

フレーレにそう言われるまで気づかなかった。けれどいつの間にか、私の目からは涙が溢れていた。

私……これからどうしたらいいの……？

ゴトゴト……

私は家でひとしきり泣いた後、家を片づけて馬車へ乗り込んだ。アルファの町へ戻るためだ。

「……」

「がう……」

「きゅーん……」

「きゅきゅん……」

昨日まであんなに楽しかったのに、今の気分は最悪。

落ち込む私に、狼親子が心配して寄り添ってくる。それを見てフレーレが呟く。

「ルーナに元気がないと心配ですね……」

〈仕方あるまい。父上が急に失踪し、しかも女神のアイテムを回収しろときた。ショックは大きいじゃろう。いや、むしろそれが狙い……か？〉

「俺はアルファに戻ったら、妹を探す旅に出ようと思う。あの手紙が本当だとは限らないが、あのディクラインさんであれば、魔王を倒した時に何か知ったんだろう。魔王城へ行ってみるつもりだ」

そっか、レイドさんは旅に出ちゃうのか……

「寂しくなりますね。わたしはまたビショップに戻るための修行に戻ります。冒険者の仕事もしないといけませんし」

フレーレはアルファの町でまた修行と冒険者稼業を続けるみたいね。まあ、当たり前か……

私はパーティを解散してレジナ達と遠くへ行ってもいいかもと考えていた。そうね、だーれも知らない土地で暮らすのも面白いかも。

私がずっと黙っていたので気まずくなったのか、レイドさんが話しかけてきた。

「ル、ルーナちゃんは帰ったらどうするんだい？　やっぱりお父さんを探しに行くのかな？」

〈ば、馬鹿者!?　お前、ここでその話を出すか!?　落ち込んでいる理由は、さっきわらわが言ったじゃろう！　蒸し返すやつがあるか！　スカタン！〉

「あ！　そうか!?　う、うーん、よくセイラにはデリカシーがないって怒られてたけど、こういうことだったのか？」

するとフレーレが本気で怒ってレイドさんの背中を叩きながら叫ぶ。

「間違いないですよ!?　話しかけるにしてもそのチョイスはありません！」

「きゅん!!」

「きゅーん!!」

「がるる！」

「お、お前達まで!?」

みんな小声で話しているけど、丸聞こえなんだよね。

「ふ、ふふ……」

「ル、ルーナ？」

チェイシャやレジナがレイドさんに噛みつき、それを抑えていたフレーレが私へと向き直る。

「あっはははは！　もう！　レイドさん、酷い！　私が落ち込んでるのに、追い打ちをかけるなんて！」

「ご、ごめん……」

なぜか荷台で立ち上がってぺこりと頭を下げるレイドさん。もう、真面目だなあ。

「なんて、嘘ですよ。悩んでも仕方ないですし、お父さんが何考えてるかわからないけど、私は私の思った道を選びます」

幸いか運命か、女神の封印を探す手がかりは……ある。

――そう、チェイシャが場所を知っているはずなのだ。

後は私にその覚悟があるか？　それだけだった。手紙にあった十年前のことも言われてみれば確かに思い出せない。

なんとなくいい思い出ではない気がするから、思い出さない方がいい。そんな気もする。

「そうか……俺にできることがあれば言ってくれ。協力させてもらうよ」

「わたしもです！　教会にもお客さんは来ますからね。情報をそれとなく聞いてみますよ！」

〈……〉

チェイシャだけは複雑な顔をしていたが、以前、女神の封印を解放されたくないと言っていたのでそれも仕方ないかな。

「とりあえず町へ戻ってから考えようかな。お父さんを探す旅に出るなら、レジナ達は置いていかないといけないかもしれないしね。その時はフレーレにお願いするかも」

「きゅん!?」

「わ、わふ!?」

思いがけない私の発言に、おチビ達が私の膝へと乗ってくる。今度はダンジョンと違ってあちこちを旅するだろうし、帰れるかどうかもわからない。旅に一緒に行くより、この子達は静かに暮らしてほしいと思う。

町に帰り着いたら全てが変わってしまうのかな……みんなそんな思いをしていたのか、複雑な表情をするが、無情にも馬車がガタゴトとアルファの町へ向かう速さは変わらない。

そして、さらに衝撃的な事態が私達を襲うのだった——

◇◆◇

〈霊峰　フジミナ〉

百年ほど前に不死鳥が降臨したとされる険しい山。

相応の装備がないとまず遭難するので、素人は絶対に登らないこと。

なお不死鳥の血を呑めばあらゆる病は治り、死者さえも蘇生することができるという。

その血を手に入れる方法は二つあると言われている。

戦って倒すか、人語を解せるという話なので説得して分けてもらうか、である。

しかし、噂が独り歩きしているという線も否めない。

そのほか――

「こりゃダメだな。博打が過ぎるぜ」

病院を後にし、二度寝をしようとしていたアントンだったが、図書館で適当に暇を潰すかと思い直し、不死鳥と霊薬について調べていた。

不死鳥については先ほどの記述通りで、ほかの本を見てもほとんど変わらなかった。

ちなみに霊薬は死者蘇生まではいかないが、病は治るという薬らしい。

ただし、手に入る確率は不死鳥を見つけるよりマシという程度で、入手の難度はさほど変わらない。

作り方は書いていたが、《錬金の恩恵》でもない限り、成功しないであろうというシロモノだった。

こんなもんだよな、と本を閉じて図書館を後にする。

「さて、金はあるし何をするかな……。ん？　こいつは……」

財布を取り出すためポーチに手を入れると、例の卵に手が触れた。卵を取り出すと、やはり禍々しい感じが卵の周囲を包んでいる気がした。

「そういや卵を町で使って魔物を呼び出せとか言ってたっけか？　俺はギルドに復讐したいだけで、町全体にってわけじゃねぇんだけどな」

ポツリと呟きながらポーチへ卵を仕舞うと、広場にメルティがいるのが遠目にもわかる。

アントンに近づかないよう、母親に言われたので落ち込んでいるようだ。

「(俺が十二歳の頃はもう放浪してたな……)」

誘拐され、十歳まで虐げられて育ったアントンと、家族一緒に暮らせているがそのうち死んでしまうメルティ。どっちの人生がいいのか、それは本人にしかわからない。

アントンがそんなことを思いながらメルティを見ているとふと目が合う。

メルティは一瞬笑顔になるがすぐに目を逸らす。ソフィアにかなりきつく言い聞かされたのかもしれない。

「(ちゃんと言うことを聞けるんじゃねぇか……)」

卵を使うとどうなるか？

それを考えたアントンは近隣の森へと歩き出す。


「ここら辺でいいか」

周辺を目だけで見渡し、しばらくしてからアントンは森へ向かって言葉を放つ。

「おい！　俺を監視しているやつ、いるんだろ？　出てこい」

黙って返事を待っていると、木の陰から男の声が響いてきた。

「どうしましたかな？　何か困ったことでも？」

「なあに大したことじゃない。俺はこの話を降りることにしたぜ」

「ほう、どうしてです？　ちょっと女の子を攫(さら)うだけですよ？　怖気づいたのですか？」

「(この声どっかで聞いたことが……)ああ、そういうこった。やっぱ万が一失敗したらって考えたらやべぇよな？　だから鉱山へ戻してくれ」

　卵を割ると魔物が出る――

　そんなことをしたら町に多大な被害が出るのは明白だ。アントンはそこまでして復讐などしたいとは思えなくなっていた。

　しばらく辺りが静寂に包まれる。やがてスッと木陰から監視者がアントンの前に姿を現した。

「ほっほっほ、やはりクズはいつまでたってもクズですか。まさか卵一つ割れないとは。やれやれ……」

　出てきた男を見て、アントンは目を見開く。

「て、てめぇは!?」

「おや、覚えていましたか？　馬鹿の割に物覚えはいいですね。ほっほ、あの時からまるで変わっていませんね」

　陰から出てきた男は当時五歳のアントンを攫った男……ゲルスだった。

「クソ野郎が！　ついに見つけたぞ！　自分から姿を現してくれるとは好都合だ、てめぇは俺の手で殺してやる!!」

「できもしないことは口にしない方がいいと思いますがねぇ？　ほっほっほ」

「その笑いをやめねぇか!!」

　咄嗟に剣を抜いてゲルスへと斬りかかるが、怒りに任せた大振りなのでのらりくらりと避けられてしまう。

「くそ……!!　てめぇは……てめぇだけは！」

「かすりもしませんねぇ？　まあ仕方ありませんか、あなたの勇者としての力は私が封じていますからね。いやあ滑稽滑稽!!」

「ど、どういうことだ？」

するとゲルスが先ほどまでの態度と変わり、乱暴な物言いでアントンへ告げる。

「ああん？　やっぱり馬鹿だな、お前は！　言った通りだよ、俺がお前の《恩恵》を封じたんだ！　俺ぁ女神の研究をしていてな？　《恩恵》についても研究していたんだよ。勇者のサンプルは少ねぇから困っていたんだが、いいところでお前が授かったってわけだ！　いやあ、毎日お祈りはしとくもんだな、ぎゃはははははははは!!」

「じゃ、じゃあ、俺がなかなか強くなれないのは、まさか!?」

「ほっほっほ、そうですよ。研究結果として《恩恵》は封じることができると判明しました。もちろんその逆もできますけどね？　とりあえずお前は依然として勇者の力は発揮できませんから、《恩恵》を持たない戦士と同じですね。まあ戦士どころか、何者にもなれないんですがね、ほっほっほ！」

アントンを攫って人生を狂わせたあげく、恩恵まで消し去ったとゲルスは言う。

一瞬目の前が真っ暗になるが、それよりも怒りがアントンを突き動かした！

「てめぇみたいなのがいたら、また誰かが犠牲になる！　今ここで死ねぇぇぇ!!」

アントンの絶叫が森の中で響いた。

「おらぁあああ!!」

「ほっほ、当たりませんねぇ?」

アントンはドラゴンスレイヤーをゲルスに対し懸命に振るうも、まるで当たらなかった。

やがて怒りと焦りがアントンの体力を徐々に奪う。

「はぁ……はぁ……」

「ほっほっほ。あの頃と何も変わっていませんね。……力を抑え込んだら、何か別の力でも覚醒するかと思ったのですが……期待外れでしたか」

顎(あご)に手を当てて首を傾げるゲルス。笑い声とその仕草を見てアントンは忌々(いまいま)しげに呟く。

「絶対に殺してやる……!」

「おお、怖い怖い! では私も奥の手を使わなければなりませんね!!」

間合いをとり、ゲルスが指先に魔力を集中させていく。

「それ!」

ゲルスの指がこちらに向いたのを見たアントンは咄嗟(とっさ)に剣でガードをする。

しかし、魔法の光線は少し右に逸れた。

「へ、下手くそが、外しやがったな!」

「いいえ、狙い通りですよ」

ニヤリと嫌な笑みをしたゲルスの言葉の後に、アントンの背後でドサッと人が地面に倒れる音が聞こえた。後ろを振り向くと、

「お前⁉　どうしてここに！　つ、ついて来ていたのか！」

そこには肩から血を流しているメルティが横たわっていたのだ。

メルティは広場でアントンと目が合った後、門番の目を盗んで町の外へ出たアントンを追いかけていたのだ。

「ほっほっほ、お知り合いでしたか？　……なぁんてな！　俺はお前をずっと監視していたんだ！そのガキのことは知ってるんだよ！　お前に関わったばっかりに？　すこーしだけ寿命が短くなったけどな！　お前のせいで‼　そいつは俺のとっておきだ！　すぐあの世へ行けるぜー？　へっへぇ！」

ぎゃはははと、腹を抱えて笑うゲルスを無視してアントンはメルティに駆け寄る。

「おい、ガキ！」

「う、お、お兄ちゃん……」

「喋んな！　くそ、血が止まらねぇ！」

肩に受けた傷の出血が酷い。

早く治療をしなければ、メルティが死んでしまうと判断したアントンは少女を抱えて町へと走り出そうとした。

「ほう？　私がここにいるのに逃げるのですか？　この憎い、にくーい私を置いて！　今だけかもしれませんよ‼　私を倒せるチャンスは！　ほら、自分の欲望に素直に従いなさい！」

「うるせぇ‼　てめぇは必ず殺す！　そこで待っていやがれ！　ああ、俺が怖いなら逃げてもいいんだぜ？　はは！」

　駆け出しながら挑発に挑発で返すと、ゲルスは急に真顔になり冷ややかな目でアントンとメルティを見つめる。

「ふむ、おもちゃに反抗されるのも面白くないですねぇ……。ルーナが戻ってくるまで待ちたかったのですが、仕方ありません……」

　目を細めたゲルスが何か呪文のようなものを唱えると、アントンの腰にあるポーチに入っている例の黒い卵が振動し始める。

「なんだ⁉」

　走っていたアントンがポーチを見て驚愕の声を上げる。

　まるで闇が染み出すように、ポーチから黒い煙のような何かが出てきていた。

　マズイ！　そう判断したアントンがポーチを投げ捨てると、グシャッという卵が割れる音が響いた。

　そして――

　ポーチの口が開き、卵から噴き出した闇が徐々に形を作っていく。完全に姿を形成した後、最後に両目が開かれ、雄叫びを上げる！

「グオオオオオオオン‼」

　冷気を伴った巨大なドラゴンが現れた‼

「ドラゴンだと⁉　町にこんなもんを放つつもりだったのかよ！　ルーナひとりのために、何考えてやがる!?」

「ほっほっほ!! 手段はどうでもいいのですよ! 肝心なのはルーナを手に入れること、ただそれだけ! 誰が! 何人! どこで死のうが! 私の知ったことではありませんからね! しかし今はおもちゃを壊すことが優先です! さ、行きなさい!」

「グルォォォォオン!!」

「わかっちゃいたが、本気でクソ野郎だな! うお!?」

ドラゴンが尻尾でアントンの身体を打ち付け、吹き飛ばす。咄嗟にメルティを抱きかかえ、アントンは木にぶつけられる。

「お、にい、ちゃん……わたしを置いて、に、にげて……」

「いってぇ……。おいガキ、くだらねぇこと言ってんじゃねぇ! すぐ町に戻るからもう少し我慢しろ!」

よろよろと立ち上がり、再びダッシュする。

「クズが子供を庇うとは。あなたは見苦しく、ひとりで逃げるのがお似合いのはずですよ?」

ゲルスが、面白くないと魔力の光線を放つ。

「ぐあ!? ……まだだ……!」

アントンは肩、足、腕を貫かれながらもメルティを落とすことなく、町の近くへと逃げ切った。

その様子を見ていたゲルスは、遊びすぎたかと舌打ちをして、

「チッ、大人しく死ねばいいものを。まあいいでしょう、ルーナが戻ってくる前に町を破壊するの

も面白いかもしれませんね？　ルーナの誘拐はどうにでもなるでしょう。だからアントン、今は見逃してあげますよ。まあ、絶望を思い知るのはこれからですがね。行きますよ」

ゲルスは意味深なことを言うと、ドラゴンと供に森の中へと消えていった。

そして町の入り口まで戻ったアントンは、足を引きずりながら門をくぐる。

「はあ……！　はあ……！」

「お、にい、ちゃん……」

「喋るな！　今医者に！　……!?」

メルティの顔からどんどん血の気が引いていくのを見てアントンは焦る。

アントン自身もドラゴンに尻尾を打ち付けられ、さらに魔力の光線で貫かれているので満身創痍（まんしんそうい）だった。

そこへ二人の門番が気づき、駆け寄ってくる。

「お、おい！　一体どうしたんだ!?」

「事情は後だ！　こいつを病院へ頼む……！」

アントンの叫びに門番がビクッと体をこわばらせるが、すぐに肩を貸す。

門番は同僚に「このまま一緒に行く」と告げて病院へと向かった。

「……じゃ、邪魔するぜ……」

アントンとメルティが病院へ入ると待合室が騒然となる。

まず仮面が怪しい上に、ふたりともかなり出血しており、見た目だけなら死んでもおかしくないほどのケガをしていたからだ。

「こいつを頼む……。お、俺はこいつの母親を連れてくる……」

「お、おい！　お前も――」

門番が制止するのも聞かずに、アントンは足を引きずって病院を出ていった。

ほどなくしてソフィアに肩を抱かれたアントンが戻ってくる。妹のメアリも一緒に。

すでにメルティは診察台へと移されていた。

「メルティ！」

「お、かあさん……ごめんなさい……」

「……すまねぇ……」

アントンは涙を流しているソフィアに謝罪をすると、ソフィアは涙を拭きながらポツリと呟く。

「……いいえ、この子が勝手についていったんでしょう……？　ノートナさんの、せい、では……」

泣き崩れるソフィアを横目に、手当を受けているアントンはメルティの止血をする医者へ話しかける。

「なあ爺さん、こいつは……助かるか？」

「……五分じゃな……せめて回復魔法でサッと傷を塞(ふさ)げればいいんじゃが……」

「回復魔法だな……」

「おい！　どこ行くんじゃ⁉」

アントンは再度病院を出て、今度はギルドへ向かう。

ギルドの扉を開けてアントンは受付へと体を預ける。

今日もイルズが受付かと思いながら、用件を伝える。

「シ、シルキーはいるか？　ちょっとケガ人がいるんだ、金は払う……」

「お、おい！　しっかりしろ！　お前も酷いケガじゃないか！　シルキー！　シルキー！」

するとひとりの女性が奥のテーブルから出てくる。

「ちょ!?　酷いケガ!?　《リザレクション》!!」

以前、フレーレが隻眼ベアに傷を負わされた際、助けてくれたのがこのシルキーだった。

フレーレよりも高位の回復魔法が使える、この町でも貴重な冒険者のひとりで、得意魔法の《リザレクション》でアントンの傷はみるみるうちに塞がっていく。

「すまねぇ、急ぎ見てほしいガキがいるんだ！　来てくれ！」

「え？　え？　ちょ、ちょっと!?」

「なんだあいつ？」

イルズが、シルキーを引っ張る仮面の男を呆然と見送るのであった。

「戻ったぞ！　まだ大丈夫だろうな!?」

アントンは病院のドアを蹴破るかのごとく入り、シルキーをメルティの前へ連れて行く。

「はあ……はあ……」

荒い息をしているが、メルティはまだ無事なようだ。

それを見てシルキーがアントンへ頷く。

「そういうことならお安いご用よ！　大丈夫、怪我はすぐ治すから！　《リザレクション》!!」

得意の回復魔法を使うと、メルティの体を光が覆う。

「間に合ったか……」

アントンが安堵の息を漏らすが、シルキーの態度で部屋の空気が変わる。

「……嘘!?　魔法が効いていない!?」

「何!?」

シルキーが再度リザレクションをかけるが、むしろ傷口が広がっているかのように包帯に血が滲んでいく。

(そいつは俺のとっておきだ！　すぐあの世へ行けるぜ！)

アントンはゲルスの言葉を思い出し、テーブルを殴りつけて激高した。

「あの野郎……！　何かしやがったな……！」

「ごほ……ごほ……」

さらに間の悪いことにメルティは発作も併発してしまった。

いつもなら咳だけだが、口から血も吐き出してしまう。

「メルティ!?」

ソフィアがメルティを抱きしめる。

「おい、なんとかならねぇのか!?」

アントンが医者の胸ぐらを掴むが、医者は首を振るばかりだった。処置はした、後はこの子次第だと小声で呟く。

「おにいちゃん……」

メルティに呼ばれ、アントンは医者を突き離して駆け寄る。

「どうした!? 肩が痛むのか!?」

メルティの手をアントンが握る。

「う、ううん……ぜ、全然平気だよ。ごめんね……あの変なおじさんを……た、たおしたかったんでしょ……わ、わたしが邪魔……しちゃって……ごほ……」

「あんなやつぁ、どうでもいいんだよ！ あんまり喋るな、傷が大きくなる……」

メルティが困った顔でアントンを見ると、力なく首を振って告げる。

「……ふつかだけだったけど……み、みじかかったけど……わたしは……楽しかったよ……」

「まだ遊べる……いくらでも遊んでやるから、そんな言い方をするな……ほら、お前、俺の嫁さんになるんだろうが」

なんとなくそんなやりとりを思い出して仮面越しにへたくそな笑顔を作る。

「ええ……？ そ、それ……お、おにいちゃんに言ったかなぁ……？ うーん……でもメアリにゆずってあげるよ……わ、わたしはおねえちゃんだから、ね……」

「不死鳥の血でも霊薬でも、俺が持ってきてやるから……だから死ぬな、メルティ！」

「あ……や、やっと名前、呼んでくれた、ね……」

ニコッと笑い、握っていた手から力が抜ける。

その瞬間、メルティはその短い生涯を終えたのだった。

「ああ……メルティ……」

少女を抱きしめたまま、泣き崩れるソフィア。

「お母さん、お姉ちゃん、どうしたの？　またどこか痛いの？」

状況がわかっていない妹のメアリの言葉が、その場にいる全員の胸に突き刺さった。

「お、俺のせいだ……俺がこんな依頼を受けたせいで……俺は本当にクズだ……！」

アントンは床に膝をついて涙を流す。

それに気づいたソフィアが、メルティをそっとベッドへ横たえ、アントンへ話しかける。

「……ノートナさん、あなたが何をしに町へ来たのか。そしてなぜメルティがこんなことになったかはわかりません……。ですが、あなたがこの子のために必死に手を尽くしてくれたことはわかります」

「違う！　こいつは俺に会わなければ……俺についてこなければ、まだ生きていられたんだぞ！」

ゆっくりと首を横に振って、ソフィアはアントンを抱きしめる。

「あの子はあなたに助けられて本当に嬉しかったんですよ。だからそんなことを言わないでください。最後は笑っていたじゃありませんか。もし、あなたのせいだとしても、恨んだとしても。……この子が生き返るわけじゃありません。だから……もういいんですよ……」

昔、適当なパーティに属していた頃、何か不測の事態があった場合、アントンのせいだと罪を擦（なす）り付けられていた。その時は擦（なす）り付けたやつを別の方法で陥（おとしい）れ、溜飲（りゅういん）を下げてきた。

しかし、娘を半ば殺した形になるというのに、ソフィアは自分を許すと言っているのだ。

抱きしめられたアントンは、罵倒され、蔑まれた方が楽だと、歯が割れんばかりに食いしばっていた。

「う、嘘だ、そんな……。うおおおおお!!」

「あ！　ノートナさん!!」

アントンは病院を飛び出し、走る。その目は怒りに満ちていた。

「俺は確かにクズだ、仲間を見捨てて逃げ、ガキを巻き添えにして死なせるなんて、クズ以外の何者でもねえ、死んで当然だ！　だがなぁ！」

傷は回復したが体力は回復していない。それでもいつもより早く町の出口が見えてきた。

目指すべき標的は、

「ゲルス、てめぇはそれ以下だ！　絶対に許すわけにはいかねぇ！」

全力で走り、先ほどゲルスと交戦した場所へと到着し、息を整えることもなく怒りに任せて大声で叫ぶ。

「出てこい、ゲルス!!　俺が殺してやる!!」

返事はなく、アントンはさらに森の中を目指す。

「ドラゴンを連れての移動だ、そう遠くへは行けねぇだろ……」

木々が立ち折れているので、どこへ向かったかはすぐにわかり、やがてドラゴンの姿が目に入った。

「見つけたぞ！」

ゲルスは口元を歪め、くるりと振り返ってアントンを罵倒する。

「ほっほっほ、わざわざ死にに戻ってくるとはよっぽど頭が悪いみたいですねぇ？　あのまま町から出ていれば追いかけなかったんですがね？」

「てめぇがそんなタマかよ。ルーナが戻ってきたら、町へドラゴンを放つつもりだったろうが？」

「ほっほ、悪くない予想ですね。元々の計画ではあなたが町で卵を使った後に、どさくさに紛れてあなたも始末するつもりでした」

「……」

アントンが黙って聞いていると、嬉々としてゲルスは続ける。

「脱獄したあなたが復讐のためドラゴンを町に放ち失敗した、という筋書きでね。私達は身バレせず、あなたに罪を全て擦（なす）り付けてルーナを連れて行くことができる、という予定でした。私がやれば楽なのですが、ルーナにはドラゴンによって人がたくさん殺される様を見せつけないといけませんからねぇ」

面倒くさいですが、と付け加えて首を振るゲルス。

「(こいつの目的はルーナの誘拐だけじゃねぇのか？)」

アントンは一瞬そんなことを考えるが、今はどうでもいいことだと思考を切り替える。どうやってこいつを殺すかへと。

「てめぇの企みなんざ知ったこっちゃねぇ。お前は死ね、今すぐにな！」

剣を抜き、即座に斬りかかるアントン。

「ほっほ、できないことは口にするものではないと、何度言われればわかるのですかね！」

「うおお！」

「む！」

フォン！　と、アントンが確実に殺すため首へと狙いを定めて剣を振るうと、ゲルスはこともあろうに腕でガードをした。

この際腕だけでもと思っていたアントンだったが、ガキン、という金属音でそれが叶わなかったことを悟る。

「小癪（こしゃく）な！」

ゲルスは激高し、剣を払いのけると拳を突き出してくる。

アントンはそれを回避してもう一度攻撃を仕掛けた。

「させるかよ！　……ぐあ!?」

ゲルスに蹴られて呻（うめ）くアントン。そこへ、ゲルスが手をかざして魔法を放つ。

「剣を振るしか能がない馬鹿め！　《バーンニードル》」

「掠っただけだ！」

キイン！

「馬鹿はしつこいのが始末に負えませんねえ！」

ゲルスは馬鹿の一つ覚えだと蔑むが、先ほどと違いアントンの攻撃が全て当たらないということはなくなっていた。

「いける！」

これで両親とメルティの無念が晴らせると確信したアントン。

だが、ゲルスがニヤリと笑い、

「ほっほっほ、あの小娘は死にましたか？　あの傷は子供にはきついでしょうからねぇ。私のとっておきである《反転術》を使ってあげましたが、いかがでしたか？　回復魔法で傷が広がる様は面白かったでしょう？」

と、挑発をしてきた。

「やっぱりてめぇが……！」

メルティのことを言われてカッとなって斬りかかる。だが、力が入りすぎて大振りになり、隙ができてしまった。

「うが⁉」

「ええ、ええ！　その顔を見るだけでわかりますとも！　ほら、剣筋が鈍りましたよ？」

ゲルスに蹴りを入れられて咳き込み、たたらを踏んで後退すると、ゲルスは追撃をかけずに喋り出す。

「ほっほっほ。少しはマシになりましたが、力を発揮できないあなたならそんなものでしょう。私もそれほど暇ではありませんから、そろそろおしまいにしましょうか。さ、おいでなさい」

ゲルスが指を鳴らすと、それまでまったく動かなかったドラゴンがゆっくりと出てくる。

「クソが……！」

「グルルルル……」

ドラゴンがアントンを見据えて唸りを上げ、尻尾を地面に叩きつけながら歩いてくる。

デッドリーベアを倒せなかったアントンが、ドラゴンに敵うはずはない。

冷や汗を流すアントンに、それまで笑っていたゲルスが真顔になり告げる。

「もう飽きたので死んでください。ああ、抵抗されても面倒なので――」

ゲルスの目が怪しく光ると、アントンの仮面が光り出し、その直後、

「うがあああああああ!?　あ、頭が！　割れる！」

アントンが頭を押さえて苦しみ始めた。

「裏切った時のために仕込んでおいた代物ですよ。もう外せないのでご了承ください。さあ、殺しなさい」

「ギャオォォォォォン!!」

身動きができないアントンをドラゴンが襲う！　丸太のような腕が、苦しむアントンの背中に振り下ろされ、容赦なく直撃した。

「ぐはぁ!?　くそったれが……はあ……はあ……」

幸い鎧はまともなものだったらしく、思ったほど打撃のダメージはなかった。

「グガァァァ！」

しかし単純な力での攻撃は徐々に鎧をへこませ、アントンの体も軋みをあげていた。

「うぐ……がは……⁉」

ザシュ！

頭を押さえながら適当に剣を振るうと、ちょうど振りかぶってきた指にヒットした。

「ギャォオォン⁉」

「やった！　……うがあああ！」

斬られたことに怒ったドラゴンに蹴り飛ばされ、アントンは地面をゴロゴロと転がり、木にぶつかってようやく止まる。

「はあ……はあ……こ、このままじゃ、ダメだ……。仮面を……仮面をなんとかしねぇと！」

ドシンドシンと迫ってくるドラゴンに対抗するため、アントンは意を決して剣を仮面へぶつけ始めた。

「壊れろ！　壊れろぉぉ‼　俺はまだ死ぬわけにはいかねぇ！　敵を、親父と母さんと、メルティの敵を取るまでは死ぬわけにはいかねぇんだ‼」

「ふあーあ……ほっほ、無駄ですよ。そう簡単に壊せるわけがありま……おや」

ガツ！　ガン！　バキン‼　ザシュ！

何度も何度も剣を仮面に打ち付け、ついに仮面が真っ二つに割れる！

しかし反動で剣が眉間を切り裂いてしまい、血が流れ始める。

だが、アントンは不敵に笑い口を開く。

「へ、へへ……どうだ……これで頭痛はもうねぇ……まずはてめぇからだな！」

「グルオオオオン!!」

ドラゴンの爪がアントンの頭部目がけて振り降ろされるが、それを見越して外側へ回り込み、腕へ斬撃を繰り出す。

カィン!

「か、てぇ!」

指と違い、強固な鱗の鎧を纏(まと)った腕は堅く、簡単に弾かれてしまった。

ドラゴンが振り払うように動かした腕を、アントンはバックステップで避ける。

「何か……方法はねぇのか……!?」

「ほっほっほ、しぶといですねぇ」

レベルが上がってもほとんど恩恵にならないアントンに、この戦いは勝てる要素などない。

——だが倒さねばならない。今まで逃げ続けた人生だが、今度ばかりは逃げるわけにはいかないのだとアントンは吠えた。

「まだ、だぁぁぁ!」

第八章

ゴトゴト……

「そろそろ到着するよ」

御者さんが声をかけてきたので顔を上げると、見慣れた近隣の森が見えるところまで来ていた。

「きゅーん」

「きゅん！　きゅん！」

私もだいぶ落ち着き、遊んでとせがむシルバとシロップを撫でているとフレーレが私に言う。

「町に帰ったら、まずは〝山の宴〟でご飯ですかね？」

「そうね、おかみさんやマスターに挨拶するついでに食べましょうか？　それにしてもさっきまで天気がよかったのに曇ってきたわね」

到着まであと一息だが、どうも雲行きが怪しくなってきた。レイドさんもそう思ったのか、呟くように私達に声をかけてくる。

「こりゃあひと雨来そうだな。到着したら先に宿に荷物を置いてからの方がいいかな？　俺も〝山の宴〟でビールとから揚げを食べたいし。ああ、食べ物のことを考えたら、あのデスクラブを思い出したなあ……あれは絶品だった」

へらりと珍しく顔を緩ませているレイドさんを見て、一旦荷物を置いて〝山の宴〟で決まりかな？　そう思った矢先、

〈……!?　この気配は！〉

「チェイシャちゃん、どうしたんですか？」

近隣の森近くを通りかかった途端、寝そべっていたチェイシャが急に起き上がり叫びだす。

〈わらわの仲間が近くにいるようじゃ！　どうしてこんなところにおるのかわからんが、行ってくる！〉

「あ!?　ちょっと、チェイシャ！　お、おじさん、すみません！　私も降ります！」

御者さんに慌てて声をかけると、馬車を急停止させて振り向いた。

「え、ええ？　わしゃ料金をもらっておるから構わんけどいいのかい？　わしは町へ戻るよ？」

「はい！」

「がう！」

「きゅーん！」

「きゅきゅん！」

私はカバンを手にすると馬車から飛び出し、チェイシャを追って森の奥へと駆け出す。レジナとチビ達も一緒について来た。

「わたしも降りますね！」

「俺もだ。くそ。荷物が多い……装備して追うか。ルーナちゃん、無茶しないでくれよ！」

レイドさんとフレーレは先に行ってくれと馬車から降りて装備を取り出していた。

私は一瞬だけ振り向いて頷き、チェイシャを再び追うのだった。

◆　◇　◆

「うあああああ！」

「グオォォォン!!」

「ふう……ふう……ま、まだだ……」

幾度かの交戦の後、再び満身創痍となったアントンは血だらけでドラゴンと対峙する。

デッドリーベアの時のように逃げ出すこともなく、ドラゴンの後ろにいるゲルスを倒すために。

幸い、アントンの攻撃で斬れた箇所がいくつかあり、徐々にダメージを与えることができていた。

だが倒すには決定的な何かが足りない。そう考えるアントンに、ゲルスが眉間に皺を寄せながら誰にともなく呟いた。

「本当に面倒くさいですねぇ。どうしてそう諦めが悪いのでしょうか？　クズはクズらしくさっさと死ねばいいんですよ」

ザッと、ゲルスが一歩前へ踏み込んでくるのが見え、アントンは胸中で舌打ちをする。

「(ここで野郎が介入したら確実に殺される、どうする！)」

「グオオオオ!!」

考える暇など与えないとばかりに、ドラゴンは爪と顎による攻撃でアントンを襲う。

「くぅ！」

なんとか身を翻してそれらを回避し、自分に噛みつこうと下がった首へ、ドラゴンスレイヤーを振り降ろす。

「頼む！　効いてくれ！」

ドッ!!

丸太を斬ったような手ごたえがアントンの手に伝わる。

両手を使い、全力を込めて振り下ろしたため、鱗を貫通して肉へめり込む。しかし首を斬り落とすまでに至らなかった。

「ギャウ!?」

あり得ない痛みに驚いて首を乱暴に振るドラゴンに、アントンは吹き飛ばされて地面へと落下する。

「痛っ!? チッ、何度も飛ばされてりゃ着地も上手くなるってか!」

悪態をつきながらもすぐに起き上がり剣を構える。

額の出血も無視できないほどに溢れ、顔を真っ赤に染めていた。

そしてついに、ゲルスが苛立ったようにドラゴンへ怒号を浴びせる。

「何をしている! 死にぞこないも殺せないのか、お前は!!」

「ウ、グルウウウ……!」

ゲルスの目が妖しく光るとドラゴンが呻き、口から泡を吹きながらアントンへと突進していく。

「お前もゲルスに……それなら、俺が楽にしてやるよぉ!! あああああ!」

ドラゴンの猛攻を剣で弾き、懐に飛び込んでドラゴンを斬りつける。

何度も、怒りに任せて剣を振る。

「うおおおおお!!」

ズシュ！

「ギュオオオオン⁉」

いつの間にか斬撃でドラゴンの鱗を切り裂けるようになり、アントンの捨て身の攻撃でドラゴンが怯む。そこをチャンスと見たアントンが追い打ちをかけた！

「倒れやがれぇぇぇ！　ぐお⁉」

ブシュウゥゥ……

「いやいや、ここまでやるとは思いませんでした。その剣のおかげですかね？　ま、実験材料としてはなかなか面白かったですよ」

あと一息のところで倒せると思った瞬間、ゲルスはメルティを撃った魔力光線でアントンの左腕を貫いた。

「ちくしょ……う……があ……」

膝をついたアントンがゲルスを睨みつけるとゲルスはニヤリと笑い、とどめを刺しに迫ってくる。

そこへ――

〈お主、ファウダーか！　わらわじゃ！　チェイシャじゃ！〉

青白い狐が叫びながらドラゴンの前に立ちはだかった。

「グオォォォ！」

チェイシャの呼びかけも空しく、ファウダーと呼ばれたドラゴンは泡を吹きながら暴れ出し、近くにいたゲルスに攻撃を仕掛けた。

「ほっほっほ、私にも牙を向けるとはどういうことですか？　これは……もしや暴走しているのか？」

「グオオ！　グルルルル!!」

バキバキと木をなぎ倒し、我を忘れているドラゴン。その様子を見てチェイシャがドラゴンの頭に飛び乗った。

〈操られておるのか？　しかしこんなこと、主以外にできるわけが――〉

チェイシャが尻尾で頭を叩いていると、ゲルスがドラゴンの攻撃を避けながら目を細めて口を開く。

「人語を解する狐ですか。ふむ、あなたは女神の力を封印していたガーディアンですね？　このドラゴンと同じように」

〈貴様か、ファウダーを操っておるのは！〉

ボッ！

チェイシャの尻尾から出た魔法弾がゲルスへ向かう。

回避できないと悟ったゲルスは似たような魔法弾で相殺した。

〈わらわの攻撃をあっさり打ち消したじゃと？　こやつ一体……〉

チェイシャが訝(いぶか)しんでいると、少し離れたところで血まみれになっていたアントンが、剣を杖代わりに立ち上がって喋りかけた。

「なんだかわからねぇが……助かったぜ……幻覚でもなんでもいい……わ、悪いがそのクソ野郎の足止めを頼む……俺は先にこのドラゴンを殺る」

事情はわからないが、この男がファウダーを操っているなら倒すしかないと、チェイシャは即座に判断してアントンへ返す。

〈承知した。今の肉体を壊されても、わらわと同じで生き残れるじゃろう。小僧、首じゃ！　一撃で刎ねるのじゃ！〉

「させませんよ！」

〈お主の相手はわらわじゃ！〉

チェイシャはアントンへ向かおうとしたゲルスに魔法弾を放つと、ゲルスはそれを相殺するためチェイシャに向き合わざるを得なくなった。

一匹とひとりの戦いが始まったのを皮切りに、アントンがどうにかドラゴンへと足を向けて歩き出す。

「気軽に無茶言ってくれるぜ……」

体はもう限界に近く、気力でなんとか動いているアントンだったが、今はどうしてか疲労感が少しずつ抜けていくような感覚がある。

「ド、ドラゴンスレイヤーっていうなら、ちょっとは協力してくれよ……！　俺は……ゲルスを倒すまで死ねないんだよ!!」

そう剣へ語りかけてグッとドラゴンスレイヤーを握りこむアントン。その願いが届いたのか、その時、不思議なことが起こった。ドラゴンスレイヤーの刀身が鈍く光り出したのだ。

それと同時にアントンの体に力が湧き起こる！

ドクン……！

「な、なんだ？　体が熱い……」

「な、これは！　力が……勇者の力が戻っているというのですか⁉」

チェイシャと戦いながらも様子を窺っていたゲルスが驚愕の、そして初めて困惑の声を上げる。

「お？　おおお⁉」

アントンの体に異変が起きると同時に、ドラゴンスレイヤーが振動し始める。アントンはそのまま、引き寄せられるようにドラゴンへと向かう！

「グオオオオオオオオ‼」

「う、うわ⁉　やべぇ！」

不用意にドラゴンへ近づいたアントンへ、剛腕が振り降ろされる。慌てて剣を斬り上げると、
ズブシュ！

「キィエァァァァ⁉」

振り抜いた剣がドラゴンの肘に触れる。そのままの勢いで斬り裂き、ドラゴンの腕はボトリと地面へ落ちた。

「や、やった！　このドラゴンスレイヤー、本物じゃねぇか！」

腕を落とされ暴れるドラゴンを、力任せに斬り刻むアントン。腹を薙ぎ、足を斬り、片目を潰す。

「いける、いけるぞ‼」

「グ、グルゥゥ……」

動きが鈍くなるもまだアントンへ残った腕で攻撃をするが、それをかいくぐり、ドラゴンの首を狙う。

「こいつで終わりだぁぁぁぁ!!」

アントンは隙のできたドラゴンの首へ斬撃を繰り出した。

「ギャォォオン!?」

血しぶきを上げて叫ぶドラゴン。

だが、首は落ちず、とどめを刺しきれなかったとアントンが焦る。

「クソ！　骨が堅ぇ！」

暴れるドラゴンに振り回されつつも、剣を離さず食らいつく。

その時、アントンは父のことをふいに思い出した。

（いいか？　斬る時の角度が重要なんだ。使いこなせればドラゴンの堅い鱗でも斬れるんだぞ？）

「親父……！　こうか！　〝重撃斬〟」

ゴキン！

剣の角度を無理やり変えて振り抜くと、熱したナイフでバターを切るようにドラゴンの首が地面に落ちた。

続けておびただしい血を噴き出しながら胴体が倒れ、ドラゴンはピクリとも動かなくなった。

その様子をチェイシャの魔法弾と撃ち合いをしていたゲルスが見て、忌々しいとばかりに言う。

「なんと⁉　アントンごときクズにやられるとは！　やはり操った魔物ではこの程度ですか」

〈抜かせ！　こっちは援軍が来た。ファウダーを操った貴様の目的、吐いてもらうぞ〉

「なんですと？」

仲間を殺されたチェイシャがゲルスに牙を剥いて激高。そして言葉通りルーナ達が到着した！

「わふ‼」

〈追いついたか〉

「どうしたのよ、チェイシャ！　ってな、何これ⁉　ドラゴン？」

レジナがチェイシャの横に立ち、私は倒れている巨体を見て叫ぶと、チェイシャと対峙している見たことのない男が私を見て目を見開いた。

「ほっほっほ、これはこれは‼　ドラゴンは失いましたが、私の有利は変わらないようですね！　ルーナ、私と一緒に来てもらいますよ」

「え⁉　どうして私の名前を！」

急に名前を呼ばれて困惑していると、ドラゴンの死体の傍にいる人物が男に駆け寄りながら私に向かって叫んだ。

「間が悪いやつだな！　逃げろ！　こいつの、ゲルスの狙いはお前だ！」

聞き覚えのある声を発し、近づいてきた人物の顔を見て驚愕する。

「アントン!?　なんであんたがここに!?」

「いいから逃げろ！　俺はこいつを始末しねぇといけねぇ!!」

「その身体でできますかねぇ？」

〈わらわがいることも忘れてもらっては困るな！〉

「な、なんなのよ一体……」

ゲルスと呼んだ男へ斬りかかるアントンに、尻尾から魔法弾を連続で放ちながら激高するチェイシャ。

チェイシャは元々女神の封印を守る魔神だから強いのはわかるけど、アントンもそれに負けないくらいの勢いでゲルスを攻撃し続けていた。

が、そのふたりの攻撃を受け流し、さらに反撃までするゲルスを見て、私は背筋が寒くなる思いがしていた。

「チッ、クソ共が！　食らいやがれ！」

五本の指から見たこともない魔法のようなものを発射するゲルス。

〈くう！　本来の力があれば!!〉

尻尾を焼かれてごろごろと転がるチェイシャを見て私はハッとなり、駆けだした。

「チェイシャ！　《パワフルオブベヒモス》《フェンリルアクセラレータ》！　レジナもお願い！」

〈ナイスじゃ、ルーナ！　〝強欲の爪〟をくらうがいい！〉

「がうううう！」

「ぬお⁉　獣臭いぜ、てめぇら！」

補助魔法で速くなったチェイシャとレジナがゲルスへ飛びかかり、その間にアントンのもとへ向かった。

「はあ……はあ……逃げろって言ったじゃねえか……で、でも、た、助かったぜ……」

「気にしないで。とりあえずあんたがここにいる理由は後から聞く。で、元凶はあいつ。それでいいのね？」

「ああ。お前に頼めた義理じゃねぇが手伝ってくれ。あいつは……親父や母さんの敵(かたき)でな、それにさっきもひとり犠牲になった」

いつも傲慢な態度だったアントンが私に頼みごとをしてくるなんて、よほどの相手ってこと？

それにこれだけのケガをしているのに、逃げる素振りもない。

「わかったわ。その傷で逃げ出さないところを見ると本当でしょうね」

「チッ。まあそう言われても……ん⁉」

私の言葉に悪態をつくアントンへ補助魔法をかける。

「上位の補助魔法を全部かけたわ、これで戦えるでしょ。すぐにレイドさんとフレーレが来るから持ちこたえましょう」

アントンは頷き、チェイシャと戦うゲルスへ向き直ると剣を両手で持ち、背後から斬りかかった。

「これなら持ちこたえるまでもねぇ！　死ね、ゲルス‼」

「調子に乗るなよ！　どけ！」

「きゃいん⁉」

〈チッ！〉

チェイシャとレジナの猛攻を弾き返し、ゲルスがアントンを迎え撃つ。アントンは構わず剣を振り下ろす。

「くっ、迎撃が間に合わん！　ガードするしかありませんか！」

「くたばりやがれぇ！」

ザシュ！

「な、なんと⁉　う、うおおおおおおお⁉」

ゲルスが左腕でガードをしたが、左肩から腹部にかけてバッサリと斬られて血が噴き出す。

左腕からは真っぷたつになった金属の棒のようなものが転がり落ちた。恐らくはこれで受け止めきるつもりだったのだろう。

だが、補助魔法で強化されたアントンの斬撃はその強度を上回った。

「があああ⁉　馬鹿な⁉　こんなクズにこの私がぁぁぁぁ‼」

ゲルスは前のめりに倒れ、アントンは息を切らせながら一言、

「た、倒した……？　倒した、のか？」

と、呟いた。直後にゲルスの体からジワリと血が滲み地面を赤く染めていく。

そしてアントンがそれを見て尻もちをついたかと思うと涙を流しながら叫んでいた。

「は、はは……！　こ、殺した……ようやく……ようやくこいつを殺すことができた!!」

「アントン……」

〈ふう、わらわの攻撃をものともせんかった。恐ろしい相手じゃったわい〉

「がう」

チェイシャとレジナが私のもとへやってきて一息つくと、ちょうどレイドさんとフレーレが到着した。

「無事か、ルーナちゃん！　……これは!?」

「ド、ドラゴン、ですか!?　でも死んでる？」

「きゅん……」

「きゅきゅん……」

困惑するレイドさんとフレーレだけど、無理はない。

私も事情を聞きたいくらいだしね。ともあれ、事態は収拾したことを告げることにする。

「ちょうど今カタがついたところよ。そこにいるアントンがやったわ」

私の言葉にふたりは目を丸くしてアントンの方を向き、フレーレが呟いた。

「アントンがなぜここにいるんですか？」

そこへアントンが俯いてこちらへ歩いてきた。

「……訳ありでな。もちろん事情はギルドで説明をする。恐らく俺は罰を受けるだろうが――」

〈!?　避けろ、小僧！〉

ビシュ！

チェイシャの叫び声が響いたその時、アントンの胸を先ほどゲルスが使っていた魔法の光線が貫いた。

「ぐあ⁉」

吐血してその場に崩れ落ちるように倒れ、それをレイドさんが支えた。

〈間に合わなんだか！〉

「ア、アントン！」

「あ、あんた……！」

攻撃が飛んできた方を見ると、先ほど斬られて血の海を作っていたゲルスがむくりと立ち上がり、首をコキコキと鳴らしていた。

「甘い、甘いですねぇ!! しかし、まさかここまでやられるとは思いませんでした。だが！　とどめを！　確実に死んだことを確認もせず離れるとは！　まあ、心臓にヒットしていたらアウトでした。なんてな！　ぎゃははは！　……ふう、いやはや馬鹿で助かりました、回復魔法でもう復活！　残念だったなあ!!　このクズめがあああ！」

「ちくしょ……う、げほ！」

「喋るな！　フレーレちゃん！」

レイドさんがフレーレへ回復魔法を頼むと、即座にアントンへ魔法を使う。私はゲルスを牽制するために前へと出る。

「クク……」

「しっかりしてください！　《シニアヒール》！」

フレーレの回復魔法が発動するのを確認し、後はゲルスを倒すだけだと剣を握る。

こっちにはレイドさんもいるし、回復をさせないように戦えば勝てない相手ではない、そう思っていたのだけど――

「うがあああ⁉」

シニアヒールを受けたアントンが苦しみの声を上げたのだ！

「え⁉　ど、どうして傷口が広がってるんですか⁉」

フレーレが傷口を押さえて出血を防ぐようにするが、先ほどより傷は深く広がっていた。

「ほっほっほ、私のとっておきというものでしてね。回復魔法をかけると傷が広がる効果を先ほどの攻撃に付与していたのですよ。そういえばその状態で、どうやって傷を回復するのか調査していませんでしたねえ」

「クソ野郎、が……げほ……」

「先ほどの小娘と同じ方法で死ぬ。なかなかに泣かせるじゃありませんか。ルーナを手に入れるのはまた今度にしましょうか。それでは私はこれで」

そう言って逃げようとするゲルスに、アントンは必死に手を伸ばして『逃がすか』とか細く呟いていた。

その光景を見て私は、人の命を簡単に奪うこの男を逃がしてはいけないと思った。

それにこいつの狙いが私だと言うなら、この先狙われ続けるということ。

だったら……！

「レイドさん、万が一の時はお願いします。《フェンリルアクセラレータ》」

「え？　ルーナちゃん、それはどういう――」

レイドさんの返答を待つ間もなく、私は自分とレイドさん、それとフレーレにフェンリルアクセラレータをかけた後、最低最悪にして最上級の魔法を使った。

《デッド・エンド》」

「む！」

魔法を使った瞬間、顔色の変わったゲルスが身構えた。

しかし、デッドエンドを使った私を止めることはできない。

「速い！　ぐあ⁉」

一気に詰め寄り、ゲルスの右肩へ剣を突き刺し目の前で告げる。

「流石(さすが)に殺しはしないけど、痛い目は見てもらうわ。私を狙う理由も吐いてもらうから」

「小娘がぁ！」

不意打ちを受けたゲルスが半歩前にいる私に殴りかかってきたので、剣を引きぬいて回避する。

即座に剣の柄で鳩尾(みぞおち)を打ち付けると、ゲルスは呻(うめ)き声を上げてたたらを踏み、ニヤリと笑う。

「ほっほ……やりますね！」

ゲルスは拳と魔法光線を放ちながら攻めてくるが、補助魔法をかけた状態でデッドエンドを使っている私には当たらない。回復魔法を使う隙も与えずに戦い続けていると、すぐに一方的な戦いになった。

そして――

「動きが鈍ってきたわね、隙あり！」

「こいつ⁉」

追撃の末、私はゲルスの両足の太ももを切り裂き、ゲルスは膝から崩れ落ちる。

「《ヒー……》」

「回復はさせない！」

「クソが、舐めるな――」

ブシュ！

「え⁉」

私は剣の側面で首を打ち付けて気絶させようとしたのだけど、ゲルスが無理して立ち上がろうとしたので、刃が首筋に食い込んでしまった。

「うぐ⁉　ば、馬鹿な……こんなことで私が……」

首からダクダクと血を流し、倒れこんだ。

「う、嘘……⁉」

私は恐る恐るゲルスを仰向けにして心臓に耳を当てると、

「……動いてない……や、やりすぎた⁉」

今度は本当に死んだらしく、ゲルスはピクリとも動かず私は青ざめた。

その場に座り込んでしまった私に、レイドさんが険しい顔で言う。

「気にするな、ルーナちゃんのせいじゃない。抵抗をしなければ死なずに済んだはずなんだしね。情報が得られないのは残念だけど、今はこっちが先だ、そいつの死体は後で回収しよう。少し揺れるが我慢しろよ！」

「あ、ああ……すまねえ……俺が……た、倒したと思ったんだけどなあ……やっぱりクズはクズのままなのか、ね……」

虚ろな目でぽつぽつと喋るアントンを叱る。

「喋っちゃダメよ！　チェイシャ、あなた何か知っていたりしない？」

〈こんなおかしな攻撃をしてくるやつなど聞いたことがないわい……〉

「早く町へ戻って止血だけでも！」

フレーレが悲痛に叫ぶが、

「お、俺のことは気にするな……どうせ、脱獄した身だから極刑ですぐ死ぬ……それより、こ、この金を……町にいるソフィアって女に渡してく、れ……俺のせいで、娘が……し、死んじまってな……せめて、これくらいは……」

懐(ふところ)から革袋を取り出して私に差し出すので、慌てて突っ返して言ってやる。

「そんなの、自分で渡しに行きなさいよ！」

「ああ、何か眠くなってきた……」

「しっかりしてください！　きっと助かりますから！　諦めないで！」

フレーレがアントンの背中を叩き無理やり叩き起こすと、アントンは咳きこんでまた口を開く。

「う、げほ……フ、フレーレか……み、見ろよ、あのドラゴン……お、俺が倒したんだぜ……も、もうデッドリーベアなんざ……て、敵じゃねぇよ……あ、あの時は悪かったな……」

「傷が広がるからもう喋らないでくださいよ‼」

フレーレが泣きながらアントンへ怒鳴りつけるが、アントンは喋るのを止めなかった。

「……なあ、レイド、さんよ……勇者って、なんなんだろうな……ごぼ……」

「……俺にもわからん……だが、誰かの、それに自分の大切なもののために、力を使うのが勇者だと俺はそう思ってずっと戦ってきたよ」

「へ、へへ……な、なら……俺も最後に勇者になれたのかねぇ……」

「出血が酷くなるからもう黙るんだ！」

だが、うわ言のようにアントンは言葉を続けていた。

「そ、そういや……ディーザにも……フィ、フィオナにも、ちゃ、ちゃんと謝ってねぇな……ゆ、勇者失格、だなあ……もう、俺ぁ強くなったから……逃げ出したりしねぇ……あ、謝ったら……また一緒にパーティ、組んでくれ、る、かなあ……」

「ちゃんと謝ったら許してくれますよ！　だから……！」

「そ、そうか……？　だ、だったら、う、嬉しい、ぜ……メルティも連れてってやったら、よ、ろこぶ――」

「！　アントン⁉　アントン！」

体から力が抜けアントンは動かなくなり、フレーレが泣き出した。

悲しい感情が伝わったのか、ついて来る狼達も尻尾を下げて項垂れていた。

「ああ……あああ！」

「まだ死んでいない！　間に合ってくれ――」

先にかけておいた補助魔法が役に立ち、私達はすぐに町に到着。そのまま一気に病院へ駆けこむ。

「すまない、急患だ！　回復魔法を使ったら傷口が広がってしまった、傷薬を！」

「レイドさん！　それにルーナにフレーレ！　……ってこいつアントンじゃない！」

病院に入ると私達を見たシルキーさんが捲し立て、フレーレがそれを遮って懇願した。

「すみません、急いでいるんです！　早く止血を！」

「回復魔法を使えばいいじゃない？」

「あ⁉　回復魔法はダメなんです」

先ほどの惨状を思い出し、フレーレが慌ててシルキーさんを止めると、何かを思い出したように
シルキーさんが口を開く。

「そういうことか……さっきの子と同じね。フレーレ、アントンに回復魔法を使ったら傷が広がった、そうなのね？」

「は、はい、その通りです。あ、あの、さっきの子というのは？」

「えっとね――」

シルキーさん曰く、メルティという女の子に回復魔法を使ったところ、傷口が広がりそのまま亡くなってしまったそうだ。

「さっきアントンが、自分のせいで死なせた女の子がって言ってたけど、まさかその子が？」

「多分そうだと思います。この鎧はノートナさんで間違いありませんから」

私達が話していると、優しそうな女性が後ろから声をかけてきて、アントンを見てノートナと言う。

「あなたは？」

「私はソフィアと申します。ノートナさん……アントンさんというのですね？　彼に娘がお世話になったんです」

アントンがお金を渡してくれと頼んできた女性だと気づき、詳しい話を聞かせてもらう。

どうやらアントンはチンピラから助けたメルティちゃんにかなり懐かれていたようだ。メルティちゃんは亡くなる前も隠れてアントンを追いかけ、ゲルスに殺されてしまったらしい。なんと声をかけていいかわからず、俯いていると、レイドさんがおじいさんと戻ってきた。

「ほれ、どかんかい！　ええい、今日は忙しすぎる！　この男はギリギリじゃから今から手術をする！　全員出ていけ！」

「うひゃ!?　わ、わかりました！」

アントンをベッドに寝かせていると、元気なおじいさんに追い出されて私達は廊下へ出た。そのままソフィアさんと話を続け、メルティちゃんを殺した元凶はもういなくなったことを伝える。

「メルティに危害を加えた男は倒されたのですか……ありがとうございます。メルティも浮かばれますわ。後はアントンさんだけでも助かってくれれば……」

そう言ってソフィアさんはこの場を後にした。

とりあえずアントンはお医者さんに任せるとして、私達は病院から出るとレイドさんが腕組みをして口を開く。

「あの男が死んで回復ができない状態が解消されているのを願うしかないな」

〈操られていたとはいえファウダーの首を落とすとは、見込みはありそうなやつじゃ。できれば助かってほしいがな。さてルーナよ、すまんがファウダーのところまで一緒に来てくれんか？〉

「え？　うん、いいわよ。ゲルスってやつの死体を回収しないといけないしね」

〈では行くか〉

それだけ言うとチェイシャは走り出し、私はそれを追いかける。

私はもう髪の毛が真っ白になっているので、先ほどまでのようなスピードは出なくなっていたりするけど。

「俺達も行こう。フレーレちゃんはどうする？」

「わたしも行きます……」

俯いたままのフレーレがよろよろと歩き始め、それをチビ達が慰めるかのように足元でぐるぐる回りながらついてきていた。

かける言葉が見当たらず、私達は無言で来た道を戻り、ドラゴンの遺体が横たわっている場所へ辿り着く。血は黒く変色しつつあり、飛び散った血の量から凄惨さが窺える。

「このドラゴンもチェイシャと同じ？」

〈うむ。女神の封印を守る者のひとり。じゃが、こやつがここにいる理由がさっぱりわからん。操られていたとはいえ、わらわ達が守っている場所を本来の姿のまま離れるのは容易ではないのじゃ〉

「あの男、傷を広げる魔法とか使っていたから、何か秘密があるんじゃない？」

傷を広げる、という言葉でフレーレが一瞬ビクッとした。気になったけれど、そのまま話を続ける。

〈こやつの力の在り処も気になる……わらわのように生き残るかは五分じゃが、胸のクリスタルを破壊してくれんか？　それで『役目』は終わる〉

ドラゴンの胸には確かに輝く宝石のようなものがあった。そういえばチェイシャにも額に似たようなものがついていたっけ？

私は剣でクリスタルを突くと粉々に砕け散り、
シュウウウウ……

という音と共に冷気を発して巨大な姿が消え、地面に指輪のようなものだけが残された。

〈〝寛容のリング〟じゃ。これで二つ……いや、三つ目の女神の力は解放されたか。ルーナよ、持っていくがよい。父上に会う手掛かりになるじゃろう〉

「あ、うん」

リングを拾いカバンへ入れる。何が起こるかわからないので、装備する気にはなれない。

それよりもチェイシャだ。彼女は以前の仲間がどこにいるかわからないし、居場所も知らないと言っていたけど、どうも嘘をついている。

わからなければ森に出現したドラゴンを追うことはできないはず。封印を解いてほしくないのだから嘘をつくのもわかるけど、胸がもやっとする。

〈すまんのう。しかし主はどうしておるのか……む！〉

「どうしたの？」

チェイシャが振り向いた先にあった大きな頭が消え、その場に小型のドラゴンが出現した。

〈しっかりするのじゃ、ファウダー〉

〈う、うーん……オイラまだ眠い……〉

〈起きんかい！〉

ファウダーと呼んだドラゴンへチェイシャの尻尾ビンタが炸裂する。

それを見たチビ達が真似し始めた。

「きゅきゅんー」

「きゅん」

〈ぷわ!? な、なんだい!? ……ここはどこ？〉

ファウダーと呼ばれたドラゴンがびっくりして目を開ける。すぐに空中へ舞い上がり、私達を見下ろす。そこへチェイシャが声をかけた。

〈目が覚めたか、わらわがわかるか？〉

〈ああ!?　チェイシャじゃないか！　って何か小さくない？〉

〈それはお主もじゃろう〉

チェイシャに言われて自分の両手をまじまじと見て、信じられないといった感じで呟く。

〈ホントだ……オイラの爪も牙もこんなに小さくなってる……〉

「きゅきゅん」

「きゅん！」

チェイシャより少し大きいくらいの青いドラゴンがパタパタと着地し、シュンと小さくなるとやっぱりチビ達に慰められていた。

〈で、どうしてこんなところにおるんじゃ？　お主のダンジョンはどうした？〉

〈うーん、よく覚えていないんだけど、封印の間が解放されて慌てていたんだ。その時に変なおっさんがオイラのところに来たんだよね。追い返そうとして戦った記憶が最後。その後は自分の体が動かせなくなって、ずっと浅い眠りのまま暗い場所へ閉じ込められている感じだったよ。さっき死ぬまで、意識はあったけど体は動かせなかったなあ。あの兄ちゃんには悪いことしたよ〉

兄ちゃんとはアントンのことだろう。首を落とされたのに悪いことをしたと言える辺りいい子なのかも。

「よくわからんが、お前と一緒ということでいいんだな？」

レイドさんが尋ねると、チェイシャが目を瞑(つぶ)って考えた後一言。

〈うむ。しかしそうじゃな、戻ってから一度整理するか……〉

「いろいろ女神の封印について聞かせてもらうわよ？　お父さんのこともあるし」

〈……〉

私の言葉には答えず、チェイシャは無言で私の首に巻きつくとファウダーが私の頭に乗り、嬉しそうに喋る。

〈オイラも行っていいかい？　封印が解放されたから、元の場所に戻っても仕方ないからね！〉

「いいわ。でも人前で喋っちゃダメだからね？　捕まったら解剖されちゃうかも……」

〈よ、よしてくれよ……オイラはファウダー。〝憤怒のファウダー〟、コールドドラゴンなんだ！　よろしくな、姉ちゃん達！〉

「私はルーナよ、よろしくね」

「俺はレイドだ」

「……」

フレーレは俯いたままで、返事をせず、代わりに狼達が私の足元で尻尾を振って吠えていた。

「わふ！」

「きゅん！」

「きゅんきゅん!!」

〈レジナにシルバ、シロップだな！　よろしくな！　そっちの姉ちゃんは？〉

「あ!?　フ、フレーレです。よろしくお願いします」

ようやく気づいて微笑みながら自己紹介をしていた。うーん、やっぱり様子がおかしい……回復魔法で傷が広がったのを気にしているのかな？

　と、そこで私はあることを思い出して叫んだ。

「あ、そうだ、ゲルスの遺体⁉」

「そうだった、えっと確かこの辺りだったよな」

　レイドさんが付近を探すが、血の跡だけで遺体は跡形もなかった。

「確かにここで倒したはずなのに……チェイシャ、ちょっと頬をつまんでくれない？」

〈ん⁇　なんじゃ藪から棒に。こうか？〉

　ぎゅっとチェイシャが両手で私の頬を挟むとやっぱり痛かった。それを見てフレーレがハッとして呟く。

「まさか『まるで狐につままれたみたい』ですか？」

「う、うん、そうよ！」

　夢じゃないかと思ってやってもらっただけなので、まったくそんな意図はなかったんだけど、流石（さすが）はフレーレだ。見れば少し微笑んでいるので元気が出たのかも？　結果的にはよかったかな？

　しばらく付近を捜索したけど結局ゲルスを見つけることはできず、私達は後ろ髪を引かれる思いでその場を後にする。

「血の匂いで魔物が持ち去ったのかもしれないな。後でギルドにも捜索依頼を出しておくよ」

　レイドさんはそう言ってくれたけど、どうしてか不安な気持ちを拭うことはできなかった。

第九章

私達はアルファの町へ戻り、一度アントンの様子を見に病院へ向かう。

だけどフレーレの足取りは重く、さっきのダジャレは私達に気を使わせないようにしたかっただけのようだ。

「フレーレ、大丈夫？　顔色がよくないわ、病院は私達が行くから戻って休んでもいいのよ」

「いえ、ルーナもお父様のことで大変なんですし、わたしだけ休むわけにはいきませんよ」

「そう？　無理しないでね」

「だ、大丈夫ですよ、ほら！　行きましょう！　あ!?」

「きゅんきゅん！」

慌てて駆け出し、つまずいて転んでしまったフレーレにシロップが心配して鳴く。本人がそういうならとそのまま病院へと足を運ぶ。

病院に行くと手術は終わっており、病室にはソフィアさんが付き添っていた。こちらに気づくと会釈をして話しかけてきた。

「戻られたんですね、アントンさんはなんとか傷が塞（ふさ）がりましたけど、目を覚ますかどうか、わからないそうです」

「そうですか……ルーナちゃん、俺はギルドへ行ってくる。アントンがこの調子だと説明ができないだろう。ゲルスという男についても尋ねてみるよ。ふたりは戻って休んでくれ」

「わかりました。何かあったら言ってくださいね」

レイドさんはすぐに病室を出てギルドへ向かい、私とフレーレ、ソフィアさんが残された。しばらく無言で座っていたけど、沈黙に耐え切れず私はソフィアさんへ尋ねる。

「すみません、失礼を承知でお尋ねしますが、メルティちゃんの蘇生はなさらないのですか？」

「ええ、お金もかかりますし……何よりあの子は蘇生できたとしても、あまり長く生きられないのです。このまま埋葬しようかと思っています」

「蘇生はお金もかかりますし、成功するかもわかりませんからね……」

フレーレが泣きそうな顔で呟く。私が彼女の肩を支えてあげると、それと同時に病室へ先生が入ってくる。

「いつの間にか人が増えておるな！　聞いたかもしれんが一応傷は塞（ふさ）がったし、心臓も動いておる。じゃが、このまま目を覚ますかどうかは保証できんわい……。とりあえずこれを受け取ってくれ、こやつの荷物じゃ」

身内がいないアントンだけど、メルティちゃんの一件があるため、ソフィアさんがそれを受け取っていた。その際、一冊の手帳が床に落ちた。

「あれ？　これって……？」

私が拾うと、その中からさらにメモ紙が一枚、ハラリと落ちてきた。

「？　……霊峰フジミナ？　『不死鳥の血があればどんな病気も治り、死者さえも蘇生できる』？　え、こっちは霊薬について書いてる？　どうしてこんなものをメモしていたのかしら」

ソフィアさんは心当たりがあるようで、私の読み上げたメモの内容を聞いてポツリと呟いた。

「もしかしたらメルティのためではないかと。先ほど申し上げた通り、あの子は生きていても後二、三年の余命だったのです。でも、霊薬か不死鳥の血があれば治せると思ったのでしょう……あの子が死ぬ間際にも、アントンさんが持ってきてやるというようなことを叫んでいました」

今までのアントンを知る私達からすると、そんな馬鹿なとしか言えない話だ。でもメルティちゃんはもしかしたらアントンに何かを与え、アントンを変えたのかもしれない。両親の敵と言っていたけど、実はメルティちゃんの敵を必死で討ちたかった、そんな気がした。

「不死鳥って会ったことある？」

「い、いえ、あるわけないですよ。そもそも見つからないから『治るかもしれない』としか言えないんですよ？」

困惑するフレーレに、それもそうかとため息を吐くと、

〈……霊峰か……これも運命だとでも言うのか？〉

〈……かもね〉

チェイシャとファウダーが何かを呟いたが、意図を読めなかったので私はスルーし、病院を後にした。

「私は〝山の宴〟へ戻るけど、フレーレは？」

「えっと、わたしも教会に帰ってきたことを報告してきますね。だからまた……」

「ん、わかった。また明日ね」

「は、はい……」

「きゅんきゅーん！」

フレーレは足早にその場から駆け出し、私はそれを見送った後、〝山の宴〟へと向かう。

その途中、雲行きの怪しかった空からメルティちゃんが亡くなったのを悲しむかのように滝のような雨が降り始めた。

「うわ、やられたわね」

「くぅん」

軒先でレジナ達がぶるぶると体を振って水を飛ばしていると、おかみさんが入り口に出てきて声をかけてくれた。

「おや、誰かと思えばルーナちゃんじゃないか！　おかえり、どうだった、里帰りは？」

「里帰りは楽しかったんですけど……」

レジナ達を連れて店に入ると、マスターも話しかけてきた。

「……歯切れが悪いな、どうしたんだ？　……おお、チビ達、元気だったか？」

「きゅん！」

「きゅんきゅん！」

「きゃー、子狼達が帰ってきた！　おいで、拭いてあげる」

「きゅん？」

マスターの足元をぐるぐる回る子狼達は、早速お客さんに可愛がられていた。

だけど、〝山の宴〟は飲食店。その場にいるのはよくないのでマスターから裏庭へと連れ出されて小屋に戻って行く。

「私も部屋に戻りますね」

「ああ、ゆっくりしなよ。ご飯が食べたくなったら降りてきな」

おかみさんのご厚意に甘えて部屋へ戻ろうと階段に足をかけたところで止められた。

「ちょっと待って。……また増えたのかい？　空を飛んでいるけどありゃなんだい？」

パタパタと私の頭上を飛んでいるファウダーを指さして尋ねてきた。そ、そういえば増えたんだった……特に言い訳も思いつかず、私は正直に答えた。

「ええっと……ド、ドラゴン、です……」

私が告げると、おかみさんとマスターが顔を見合わせた後、ため息を吐いて呆れたように肩を竦めて呟いていた。

「また変なのを拾ってきたねぇ……」

「……ドラゴンか……まだ食ったことがないな……」

あ、ファウダーが危ない。

「そ、それじゃまた後で！」

そそくさと部屋へ戻ると、私の首からベッドの上へチェイシャが降り、

〈後でお主に話がある。できればレイドとフレーレにも聞いてほしいのじゃが〉

珍しく何かを話すつもりで声をかけてきたのだ。

「そうね、今日はみんな疲れているだろうし、明日私の部屋へ呼ぶってことでいい？　それにしてもフレーレは大丈夫かな」

〈少し思いつめていたようだから、気になるのう〉

自分のせいでアントンが死にかけたのだから気持ちはわかるけどね。

部屋に入ってベッドへ座るとファウダーがぶつぶつと、うわ言のように何かを呟いていた。

〈喋ると解剖……喋ると解剖……チェイシャはすごいなあ、解剖、怖くないのかい〉

〈お主はもう少し緊張感を持て。まったく……〉

チェイシャはファウダーの顔を尻尾で叩きながら怒っていた。

それにしてもチェイシャが話をする、なんて。

女神の封印関連だと思うけど、お父さんのこともあるし、聞きたいような聞きたくないような……

◆　◇　◆

ここはどこかにある廃城——
破壊跡がある薄暗い廃城の中。

通路に敷かれている赤い絨毯の上を歩き、謁見の間に男が入っていく。

外は大雨で、時折、雷が鳴り響いている。

「戻ったぞ」

男が声をかけると、窓の外を見ていた人影が振り返って口を開く。謁見の間は暗く顔は見えないが、お互い誰なのかを認識しているようだ。

「……お前か。経過は？」

「一応、仕込みは終わった。後はルーナ次第ってとこだな」

「回りくどいな、お前のやり方は。いっそ全てを話して連れて来たらどうだ？」

「それも考えたけどなあ……でも真実は残酷だ。それで心が壊れたら終わりだ」

「女神の問題というやつか？　それならやはり……いや、いい。お前に任せる。で、ゲルスの行方は？」

「そっちは全然。神出鬼没だからな。まったく面倒なことだぜ」

「あいつは必ず女神の力を手に入れようとするだろう。今のうちにルーナの身辺警護をするか？」

その時、カッ！　と、稲光が謁見の間を照らし、ふたりの顔がハッキリと見えた。

「そうだな。レイドはいるが、念のために頼めるか、ベルダー？」

ひとりはチェイシャのダンジョンでルーナに腕輪を装着したベルダー。

そしてもうひとりは――

「みんな出払って退屈していたところだ。それに美味い飯を作ってくれるやつもいない。ディクライン、お前は戻ったばかりだからゆっくりしてくれ」

――ルーナの父、ディクラインだった。

ルーナが里帰りした時とは違い、立派な装備を身に着けたディクラインが、得意げな表情でベルダーへ答える。

「俺は飯、作れるぞ。伊達にルーナと十年暮らしてないぜ」

「勇者様はなんでもできるからな」

得意げな顔にイラッとしたベルダーが皮肉たっぷりに言い、それを聞いたディクラインが玉座に目を移して寂しそうに呟く。

「……勇者って言ってもそんなに万能でもないんだぜ……」

「悪い……」

「いいさ。ルーナのこと、頼む」

ベルダーは軽く頷いて玉座にある白骨を見た後、謁見の間を後にするのだった。

◆　◇　◆

〈揃ったか〉

翌日、私は教会まで出向いてフレーレを呼んだ。レイドさんは〝山の宴〟に戻ったところで出くわしたので、そのまま私の部屋へと案内する。

それぞれが椅子やベッドに腰掛けるのを確認した後、私は口火を切った。

「それで話って？」

〈うむ。今後のことについてじゃ。ルーナよ、これからお主はどうするつもりじゃ？〉

「今後のこと？　お父さんの手紙について考えないといけないなとは思ってるけど……」

〈けど？〉

「女神の封印はやっぱり怖いから、あまり触れたくないかなって」

　正直な感想を告げるとチェイシャは腕組みをし、目を瞑(つぶ)ってから私へ言う。

〈わらわとしても封印を解かれるのは勘弁してほしいが、このままでは父上と今生の別れになるぞ。それでいいのか？〉

「でも、ほら、お父さんは自由にしていいって、手紙に書いてたじゃない？」

　そこへレイドさんも助け船を出してくれる。

「そうだな、わざわざ危ない橋を渡る必要はないからそれでいいと思う。それより、チェイシャ、封印を解いてほしくないと言いつつ、わざわざ尋ねる理由はなんだ？」

　確かに今まで女神の封印について語ろうとしなかったチェイシャが、急にこんなことを言いだすのは違和感があった。まるで私を女神の封印の場所へ行かせたいような。

〈いや、その気がないならそれでいいんじゃ。ルーナが気にしないというのであれば、この町で適当に暮らしていけばよい〉

　チェイシャはそう言って締めようとするが、歯切れが悪いのでやはり気になる。私は意を決して聞いてみた。

「チェイシャは何か知っているんじゃないの？　例えば、『私が』女神の装備を集めるとどうなるか、とかね」

〈……〉

　するとチェイシャはほんの一瞬だけ目を泳がせた後、口を開く。

〈……どうなるかまではわからん。が、封印を解いて女神の装備を集めていれば、いずれ我が主に会えるのでは、と思っておる。わらわ達は女神を封印した顛末（てんまつ）しか聞いておらんから、『どうしてルーナなのか』を聞いてみたい。後は、死んでしまったメルティという子のことじゃの〉

　するとフレーレが不思議そうな顔で声を上げる。

「メルティちゃんがどう関係してるんですか？」

〈霊峰フジミナは女神の封印がある山なのじゃ。ここまで言えば察すると思うが、守護者は不死鳥……名を〝怠惰（たいだ）のジャンナ〟という〉

「ということは、メルティちゃんを蘇らせることができるかもしれないってこと!?」

〈うむ。それにわらわ達は他の守護者の封印場所がわかる……辿り着ければ不死鳥の血は手に入るじゃろう。そして女神の装備も〉

　チェイシャは暗に『メルティちゃんをダシにして封印の場所へ行くのじゃ』と言っている。こう言えば私が行くと思ったのだろう。

　それと、やっぱり守護者はお互いの居場所を知っていたかと、疑惑が確信に変わる。

「うーん……お父さんのこともあるし、私を誘拐しようとしていたゲルスのとばっちりでメルティちゃんが死んだんだよね……。そう思うと行くべきかな……レイドさん、フレーレ、どう思う？」

「ルーナちゃんが行くなら俺はついて行くよ。妹の件もあるからね。もともと俺ひとりでも女神の封印の場所へ行くため、チェイシャを借りようと思っていたくらいだし」

〈え⁉〉

レイドさんの言葉に驚くチェイシャ。

乗り気なレイドさんとは裏腹に、フレーレは俯いてから私達に答えた。

「わたしは行けません……。ごめんなさい……」

「え？」

それだけ言うと止める間もなく、フレーレはおじぎをして部屋を出ていった。

やはり帰ってきてから、というよりアントンに魔法をかけた後から様子がおかしい。

〈昨日のことがよほどショックだったようじゃな。元気のいい娘があれほど落ち込むとは〉

フレーレとは正式に組んでいるから、行かないと言われればここでパーティ解散ということになる。それは仕方がないけど、落ち込んでいるフレーレが心配だ。

「それじゃ俺とルーナちゃんで霊峰へ向かうということでいいね？」

「はい！」

レイドさんの言葉に元気よく返事をしたものの、また遠出するのかと思うと少しだけうんざりする。

私とレイドさんは事の顛末をファロスさんとイルズさんに話すため、ギルドへと赴いた。

到着するとすぐにファロスさんの部屋へと案内される。

「アントンは目覚めないか」

「ええ、お医者さんの話だと、このまま目覚めないかもしれません」

「なんてこった……」

イルズさんによると、鉱山に送られた場合、刑期後に更正したと判断されるか、多額の保釈金でもなければ、元の生活に戻るのは不可能とのこと。なぜアントンはこの町に戻ってこられたのだろう。

私の誘拐に加担していたのであれば、ゲルスが関わっていたとしか思えないけど、出くわした時には敵対していたので、やはりアントン本人から事情を聞けないと謎のままである。

「で、アントンは重症を負わされ、巻き込まれた女の子が死亡。曰くがあるなんてものじゃないね。事情を聞くにも意識はないし、まさに死人に口なしだ。多分それが狙いだったんだろうけど」

ファロスさんも肩を竦めて首を振る。そこへレイドさんが、

「そのことですが……もしかしたらなんとかなるかもしれません」

と、口を開く。

「どうしてだい？」

首を傾げて尋ねてきたファロスさんに私はアントンのメモを渡す。

するとしい顔をしてファロスさんが呟いた。

「……伝説みたいな話に食いつこうっていうのかい？　あそこはかなり危険な山らしいからやめといた方がいい」

ファロスさんは真剣な表情でレイドさんにメモを返すと、レイドさんは話を続ける。

「一応、確信があって行くつもりです。ただ、息を吹き返したことが黒幕の耳に入れば、彼の身に危険が及ぶかと。心配なのはむしろそっちです」

「ふう……止めても無駄のようだね。アントンの件は僕達でも考えておくよ。命の危険があるならギルドだけだと難しいから、王都で匿ってもらうくらいのことは必要かもね。それとゲルスという名前、僕はどこかで聞いたような気がする。こっちも調べておくから、必ず帰ってくるんだよ？」

私達の目を見ながらファロスさんは困った笑顔を浮かべて『今後のこと』を言ってくれた。

「ありがとうございます！　それじゃレイドさん、行きましょう」

「ああ。すぐに準備をしよう」

「まったく、お人好しというか……」

出ていく私達にイルズさんが呟くのを聞いて、私は憂鬱な気持ちになる。

ごめんなさい、イルズさん。私はお人好しとかじゃないの。

私は私のため……女神の封印とお父さん、そして私を狙っていたゲルス。

点と点は繋がっているのでは、と私は考えていた。

ならば女神の装備を集めることで私自身を囮にできるはず。

レイドさんは妹さんの情報を集めるため。

アントンを助けて話を聞けば、何かわかるかもしれない……

そのためには霊峰フジミナへ行く必要があった。

◆　◇　◆

――一方その頃。

ルーナの部屋から飛び出したフレーレは、とぼとぼと教会へと向かっていた。

昨日の出来事が脳裏に焼きついて離れず、ずっと沈んだ気持ちを抱えて。

(き、傷が広がって……!?)

「わたしの使った回復魔法で傷が悪化するなんて……」

フレーレは攻撃魔法も使うので『傷つける』という行為自体に抵抗はない。むしろ倒さなければこちらがやられるという、冒険者としての心得もきちんとある。

だが、回復魔法でケガが悪化するという事象はもちろん初めてで、その結果アントンが意識不明の重体になってしまうのを目の当たりにしたショックは大きかった。

もしあの時回復魔法を使わず、病院なり寺院なりへ運んだのであれば、状況は変わっていたかもしれないと、ずっと思いつめていたのだった。

ゲルスは魔法以外の回復手段はどうなるかわからないと言っていたが、あの大ケガを見てあそこで回復魔法を使わない者はいないだろう。

しかしフレーレは、

「ルーナ達がもしあんなことになったら……」

と、もしもを恐れるようになってしまった。

さらに彼女らは霊峰へ行くと言う。そこでまたあの男が出たら……？

遺体はなかった。まだ生きているのでは……そう思うと身震いする。

そんなことを考えながら歩いていると、シルキーに遭遇した。

「あら、フレーレじゃない。教会へ帰るの？」

「は、はい……」

そういえば、シルキーも回復魔法でメルティのケガを悪化させたことを思い出したフレーレは、シルキーへ尋ねる。

「あ、あの……メルティちゃんって女の子に回復魔法をかけたら傷が悪化したんですよね……」

シルキーは少し困った顔をして答える。

「あー……うん、そうなの。リザレクションを使ったらあっという間に傷が広がってね……そのまま亡くなったわ……」

項垂れるシルキーを見て、フレーレも俯きながら口を開く。

「わたしもケガをしたアントンに、シニアヒールを使ったら傷が広がりました……ゲルスという人が魔法にそういう効果を付与したとか……」

「回復魔法を反転させる魔法を使うやつに会ったのね！　どんなやつだった？　今、どこにいるの！」

見たこともない剣幕で詰め寄ってくるシルキーに驚きながら、なんとか返事をする。

「あ、会ったんですけど、ルーナが倒しました」

倒されたと聞いて、シルキーはフレーレの肩から手を離して呟く。

「そう……よかった。そいつは……死んだ？」

「……はい。殺すつもりはありませんでしたけど、不可抗力というか事故みたいな感じで」

事情を知らないシルキーに、どこまで言うか悩んだフレーレは言葉を濁して伝える。

シルキーはそれを聞いて話し出す。

「あなたやルーナは優しいから殺したくなかったんでしょうけど、生き延びていたらいつかまた同じ苦しみを味わう人がいたかもしれない。それを阻止できた功績は大きいわ」

「そう、ですね」

歯切れの悪い返事をするフレーレが気になったシルキーが、首を傾げて聞く。

「顔が真っ青よ？　具合が悪いの？」

「あ、いえ……。先のことを考えているシルキーさんはすごいなって。わたしはシニアヒールで血まみれになっていくアントンが、頭から離れなくて……」

泣きそうな顔でシルキーに胸中を話すフレーレに、シルキーが目を見て真剣に口を開いた。

「そんなことないわ。私だってメルティちゃんが息を引き取った時は、目の前が真っ暗になったしね」

「その、怖くないんですか？　回復魔法を使うのが」

恐る恐る聞いてみると、シルキーは少し考えてからフレーレへ、

「私は回復魔法の使い手よ？　フレーレみたいに攻撃魔法は使えないし、これがなかったら私なんてパーティのただのお荷物よ。それに生き残る可能性をみすみす見逃すことなんてできない。あなただってそうでしょ？」

ね？　と、首を傾げて答えた。

「わ、わたし――」

「フレーレもショックを受けたと思うけど、心はそんなやつに負けちゃだめよ？　ごめん、今から魔物討伐の依頼なの。またね！」

何かを言おうと口を開きかけるが、それじゃ、とシルキーは去っていった。

その後ろ姿に恐れている様子は感じられず、フレーレは短く呟く。

「わたしは……」

一瞬だけ目を伏せてから、フレーレはまた教会へと歩き出す。シルキーのおかげで何かを掴めそうだったが、吹っ切れるにはもう少し何かきっかけが必要だった。

◆　◇　◆

ギルドを出た私とレイドさんは、霊峰へ行く準備をするため、商店街へ足を運んでいた。

アントンの容態を考えると、出発は早めがいいとレイドさんが提案してくれたからである。

さて、私達が来た雑貨屋さんは広くて品揃えがよく、さらに値段も安くてかゆいところに手が届くと評判なお店。

フレーレと一度来たいと言っていたお店なんだけど、まさかレイドさんとふたりで来ることになるとは……

〈防寒具は必ず買うのじゃぞ。わらわは大丈夫じゃが、チビ達はちと寒いかもしれん〉

「きゅん！」

「きゅきゅーん!!」

〈何？　大丈夫じゃと？〉

チェイシャがレジナの背中の上で、霊山についてシルバとシロップにこんこんと話をしていた。

ペットショップに行けば犬用の服とかあるけど、あれってどうなんだろうね？　狼って寒いところには強いイメージあるけどなあ。本来レジナ達が生息している北の森も冬は寒いし。

「やった！　これにしよう！」

「何を買うんですか？」

「マジックバッグだよ、リュックサックタイプがあったからそれにしようと思って。ルーナちゃんの村へ行った時、大荷物だったろ？　やっぱりマジックバッグが欲しいなって思ってたんだ」

どうやら品切れだったものが入荷されたとかで、レイドさんはご機嫌だった。私が持っているのは肩から下げるタイプ。リュックタイプの方が動きやすそうだからちょっと羨ましい。

「テントと寝袋はこれでいいかな？　後は食料と防寒具ね」

幸い、今まで稼いだお金は十分にあり、お父さんに仕送りをする分がなくなったので余裕がある。

それと病気は嘘だったようで、今までお父さんへ送った分が、手紙と一緒に残されていた。最初からこうなることを見越していたのかもしれない。

とりあえず防寒具を買うため、専用コーナーで物色を始める。

「これ、どうです？　可愛くないですか？」

ピンクのフード付ポンチョがあったので試着してみた。真ん中にあるリボンがオシャレだ。

「暖かそうかい？　山の寒さはケタ違いなんだ。防寒性能が低いのは止めた方がいいよ」

「むう、そう言われたら少し生地が薄いかも……」

残念、とポンチョを脱ごうとしたその時、近くにいた店員さんがレイドさんへ何かごにょごにょと耳打ちをする。

するとレイドさんが顔を赤くして『い、いや違う』と慌てた直後に声を上ずらせて言う。

「ル、ルーナちゃん！　そのポンチョ、か、可愛いよ！」

「え!?　どうしたんですか、急に！」

「フフフ、初々しいでございますねえ」

眼鏡の店員さんがにこやかに去っていく。きっとあの人に何か吹き込まれたのね……

結局、私はポンチョを諦めて実用的なコートを買い、レイドさんは鎧の下に着る暖かい服とマジックバッグを購入した。

「そ、それじゃあ必要な物も買ったし、行こうか」

「はい！」

と、元気よく返事をしたものの、寝袋やテントなどを購入し、金貨三枚の出費……。冒険にはお金がかかる……とほほ。

続いて狼達の防寒具も、とチェイシャが騒ぐので、一応ペット用品置き場にも来てみた。

「シルバ、服よ。これ暖かいから！」

「きゅんー！」

着せようとするといやいやと爪を立てて着てくれない。毛が空気に触れなくなるのが嫌みたい。

「きゅきゅーん」

「どうした、そんなに嫌なのか？」

「きゅんきゅん♪」

シロップはレイドさんの背中によじ登ろうと必死にジャンプし、抱きかかえられてご満悦になった。うーん、あまり嫌がっているのを着せても仕方ないか。

「じゃあ、寝る時の毛布だけね」

〈ふむう。そうじゃな、嫌がっておるし服は諦めるか。チビ達、毛布を選ぶのじゃ〉

「きゅーん♪」

チェイシャの言葉を聞いたシルバがすごい速さでどこかへ行き、吠えて私を呼ぶ。どうやら欲しいものはあったらしい。そこへ行くとペット用の毛布が置かれているコーナーで、シルバはとある毛布の前で尻尾を振っていた。

「骨付きの肉の絵柄……」

「きゅん！」

……毛布をはむはむしてダメにする未来しか見えないんだけど……気に入っているみたいだし、シルバはこれでいいか。

「シロップは？」

「きゅきゅきゅん♪」

おや、シロップは女の子っぽい花柄の毛布ね。ここは兄妹で差が出たか。

「わふ」

レジナは普通の青い毛布をご所望のようだ。でも私は知っている……シルバの肉柄毛布をチラチラ見ていたのを。

ともあれ狼用の毛布を購入し、私達は準備のため帰宅することになった。

その時レイドさんが、一度妹さんのお墓へ行くと言いだした。

「すぐ戻るよ。女神の封印へ行くなら〝蒼剣ディストラクション〟は必要になると思うしね。妹が……セイラが生きているなら、墓に置いておく必要もないからさ」

隻眼(せきがん)ベアやダンジョン、ヘブンリーアイランドでも持っていた蒼い剣。あれをとってくるとレイドさんは歩き出し、その背中を見送った。

そしてレジナ達と〝山の宴〟まで歩いているとフレーレを発見した。まだ暗い顔でとぼとぼと歩く姿に、なんと声をかけるか逡巡していると、チビ達がフレーレのもとへ駆けて行った。

「きゅーん♪」

「きゅんきゅん！」

足元でぐるぐる回る二匹を見て驚くが、すぐにチビ達だとわかってしゃがみこむ。

「シルバにシロップじゃないですか。お散歩？」

フレーレが微笑みながらチビ達を撫でているところに声をかける。

「ちょっと買い物にね」

「あ、ルーナ！　……えっと、もしかして？」

フレーレは私がどこへ行くか見当がついているのだろう、少し声のトーンが下がっていた。

「うん、霊峰フジミナへ行くための準備よ」

「そう、ですか」

「うん」

お互い黙ってしまい、気まずい空気が流れる。そこへフレーレがぽつりと呟いた。

「どうして……」

「ん？」

「どうしてルーナはそんなに強いんですか？　お父様が失踪し、とばっちりみたいに女神の封印に関わることになって、今度は危険な霊峰ですよ？　取り合わなくたっていいじゃないですか」

どうして、か。私は馬鹿だからあまり考えたことがなかったなあ。

「別に強くなんかないよ。実家でお父さんがいなくなった時、私、泣いてたじゃない。それに……本当は怖いよ？　このまま女神の封印に関わったらどうなるかもわからないし、もしかしたら死ぬかもしれないって」

「だったら逃げてもいいじゃないですか！　誰も知らないところで、のんびりとレジナ達と暮らしても！」

珍しく大声で叫ぶフレーレはすでに泣いていた。私を心配してくれているのは痛いほどわかる。

だけど――

「そうだよね。逃げたら楽なのよ、きっと。知らないところで静かに暮らすことも考えたけど、お父さんが失踪したことと、ゲルスが私を狙った理由は繋がっているような気がするの。だから私はできることをするって決めたわ」

「ルーナばっかり酷い目にあうなんて……」

「ま、それは私もちょっとなんでって、感じるわね。運命なんて言いたくないけど、冒険者になってから危ないことばかりだし。でも、レイドさんやフレーレのおかげでこうして無事だけどね！」

私はフレーレを安心させようとできる限り明るく、大声で笑う。

「ちゃんと帰ってくるから、その時は何か奢ってくれると嬉しいわ！　それじゃあ！」

「あ……！」

「わふ！」

「きゅんー！」

「きゅんきゅん」

〈……お主の言うことも間違ってはおらん。達者でな〉

チェイシャが最後にそう言って私に追いつき、フレーレはその場に取り残された。町で生活していれば危ない目にあわず、フレーレも元気を取り戻すだろう。

一緒に冒険ができないのは寂しいなと思いながら部屋へ戻ると、ファウダーが口を開く。

〈あ、帰ってきたー。オイラお腹ペコペコだよー〉

ドラゴンを連れ歩くのは流石（さすが）にマズイと、お留守番をしてもらっていたのだ。マスターに頼んでいた食事をテーブルに並べる。

「はいはい、じゃあリクエストの野菜炒め定食よ。ドラゴンなのに野菜が好きって変わってるわねー」

〈ドラゴンが肉食だってのは思い込みさ！　まあ好き嫌いはないんだけどね。オイラは野菜の方が好きってだけで！　……はふはふ……こりゃ美味いや〉

〈こやつ、熱い物でも平気で食べるからのう。コールドドラゴンとしてそれはどうなんじゃ？　それはともかく、とりあえず霊峰へ行く準備はできたわい。お主も行くじゃろう？〉

一心不乱に野菜炒めを食べるファウダーへ話しかけると、少し考える素振りをみせる。

〈考えたんだけど、女の子の蘇生をするなら遺体を腐敗させないようにしといた方がいいよね？　だからオイラはここに残って、氷の棺（アイスコフィン）を持続させようと思うんだ〉

操られていたとはいえ、悪いことしたしね、とファウダーはフッと笑いながら言う。

なるほど、それは確かに一理ある。しかしチェイシャはジト目でファウダーを見ていた。

〈お主、ジャンナに会いたくないんじゃろ……？〉

そう言われてギクリとし、食べている手が止まる。冷や汗をかきながら、千切れんばかりに首をぶんぶんと横に振る。

〈そそそそそ、そんなことないよー!?〉

〈こやつ、ジャンナが苦手なのじゃ。薄情な男じゃ〉

「そうなの？」

〈近づくと暑い……いや、暑苦しいと言うか……まあ会えばわかると思うよ〉

薄情というのが気になったけど、ファウダーが遠い目をしていたのでこれ以上は聞くまい。

さて、ファウダーの提案を採用するとしても寺院で遺体の氷漬けは目立つので、ソフィアさんに事情を話して協力を仰ごうと思う。メルティちゃんの蘇生に関することなので邪険にはされないはずだ。

レイドさんが戻ってくるまで、こっちの準備もぬかりないようにしておかないとね！

第十章

「私より年下のルーナが頑張っているのにわたしは……」

(できることをするって決めたわ)

(私は回復魔法の使い手よ？　あなただってそうでしょ？)

「わたしは……！」

顔を上げて修行のお世話になっている教会へと走り出すフレーレ。

「すみません！　ケガをしている人はいませんか！」

勢いよく教会の扉を開けて叫ぶと、神父のおじいさんがお茶を噴き出して噎せながら口を開く。

「げほ……おお、なんじゃい藪から棒に。大ケガをした人は来ておらんぞい。ケガ人なら病院の方がいるんじゃないかのう」

ケガを治すなら病院が普通である。だが、死に至るケガやすぐ依頼に復帰したい者などは病院では治せないため、回復魔法を求めて教会へ駆けこむ場合もしばしばある。ただし、料金はそれなりに高い。

「そう、ですか」

考えがあっての行為だったが、それが叶わずフレーレは肩を落とす。

するとお茶を飲んでいた神父のおじいさんが『ほれ』とフレーレにお茶を出す。

「まあ落ち着いてお茶でも飲みなさい。何をそんなに焦っているのじゃ？」

「焦る？　わたしがですか？」

コクリと頷くおじいさん。

「お前さん、余裕がない顔をしておるよ？　そうじゃなあ……自分だけ置いていかれた、そんな感じかのう」

「……」

「何があったかは知らんが、一度落ち着いてみることじゃ。そして己を客観的に見てみると、何かわかるかもしれんのう。フレーレは何に困っているんじゃ？　それとも何かに腹が立っておるのか？」

フレーレはおじいさんの話を黙って聞いて考える。

自分はどうしたいのか？　わたしは何に気落ちしているのか、と。

腹が立つ？　だとしたらそれは自分にだろう。困っている？　そんなのいつものことだと思い、フレーレはフッと肩の力が抜けた気がした。

「お茶、ありがとうございます！」

フレーレは勢いよく立ち上がって神父へお礼を言うと、急いで教会を飛び出した。チラリとそれを見送りながら、おじいさんはひとり呟く。

「いい顔つきになったじゃないか。頑張るんじゃよ」

ずずず、とお茶を飲む神父だけが教会に残されたのだった。

◆　◇　◆

――レイドは夜遅く、自分が育った村へ到着し、妹の墓の前で剣を担いでひとり呟く。

「セイラが生きている、か。にわかには信じにくいが、魔王を倒した勇者ディクラインなら何か知っていてもおかしくない。ルーナちゃんを利用するようで心苦しいけど……」

ルーナは明るく振る舞ってはいるが、お父さんと女神の装備のことで無理をしているはずだ。

今後、彼女が望むなら女神の封印を探すことに協力しようと決めていた。

「また、力を借りるぞ」

剣を一度抜いてすぐに鞘へと納める。その時、背後に気配を感じて振り返った。

「戻ってきていたのか。また危険な依頼か？」

「村長……」

「魔王に敗北した日から、死にに行くような戦いばかりする。もう戦いはやめて村で静かに暮らさぬか？　魔王ももうおらんのじゃろう？　セイラもきっと許してくれるさ」

「ありがとうございます。でも、そのセイラが生きているという情報がありまして。俺はそれを確かめないといけないんです。もし本当なら会って謝らないと……それに、ちょっと放っておけない子がいましてね」

セイラが生きている、それを聞いた村長は目を閉じ一筋の涙を流す。

「なんと、セイラがか!?　ならば止めることはできんな……たったひとりの肉親を捨てるなど、お前にはできないだろう。でも覚えておいてくれ、お前の、お前達の家はこの村なんじゃからな」

「捨て子だった俺達を、本当の子供のように育ててくれた村長には感謝してもしきれません。必ず無事に戻ってきます。セイラを連れてね」

「その言葉、信じるぞ？　今日は泊まっていくのじゃろう？　話を聞かせてくれい！　ばあさんも寂しがっておる」

村長はくるりと後ろを振り向き、家へと向かう。レイドは苦笑しながらその後を追うのであった。

「（いつ帰れるかわからないけど、必ず生きて帰りますよ。義父さん）」

捨て子だった兄妹を拾い、育ててくれた村長夫妻。

元々、村長には娘がいたそうだが、魔王が存命していた時、魔物に殺されたのだ。

それを聞いたレイドとセイラが自分達の恩恵を知り、魔物が活発化する原因となった魔王を討ち、敵を取ると旅に出た。

しかし、それを成し遂げることはできず、レイドだけが村へ戻った。

また娘を失ったと村長夫婦は嘆いた。レイドはふたりのことを考えて自殺するようなことはなかったが、やるべきことも見つからず、無気力な生活を送っていたのだ。

「（俺は死ぬわけにはいかない……。今度は必ず成し遂げてみせる）」

ルーナとの出会いで、知らぬ間に生きる気力を取り戻した男の再出発であった。

翌日、私はソフィアさんの家を訪ねていた。もちろんメルティちゃんのことを伝えるために。
「本当に、本当にメルティが……」

「まだ確実とは言えませんけど、期待はできると思います。私の仲間にコールドドラゴンがいるんですけど、メルティちゃんの遺体を凍らせて、腐敗を防ぎたいと思っているんです。でも、教会でドラゴンを見せるわけにもいかないので――」

「私の家で、ということですね？　承知しました。メルティの部屋を使っていただいて構いません。もちろん、そのドラゴンさんのことも秘密にします」

凛とした顔でこちらの要望を受け入れてくれ、さらにソフィアさんは続ける。

「では早速遺体を引き取りに行きましょう」

善は急げと棺を取りに教会へ行き、私は補助魔法をかけて棺を引き、再びソフィアさんの家へ戻るとメルティちゃんの部屋に棺を置く。そこでファウダーを袋から出してあげる。

〈ぷは!?　苦しかったぜ。あんたがこの家の奥さんかい？　オイラはファウダーってんだ、よろしくな！〉

「あ、はい……よろしくね？　ふふ、喋れるなんてお利口さんなのね」

一応ドラゴンなのだが、見た目が小さいのでソフィアさんはペット感覚でファウダーを撫でていた。

ちなみに妹のメアリちゃんはまだ眠っている。まだ小さい子なのでファウダーを見ればうっかり外で口にする可能性が高いと、メアリちゃんには見つからないようにしているのだ。

もちろんこのことはファウダーにも言い聞かせてある。

〈それじゃ、この部屋は今から凍結するよ。《氷の棺(アイスコフィン)》〉

ファウダーが魔法を使うと、みるみるうちに部屋の中が凍っていき、棺も氷漬けになった。

そして部屋の扉も凍結させる。

〈ふう。これでしばらくは持つよ。帰ってくるまで何度もかけなおしてやるから、安心しな！〉

〈後はわらわ達が早く戻れるよう、祈っておいてくれ〉

「早く……？　どうして？」

〈うむ、蘇生するためには新鮮な肉体と、魂が結びつかねばならん。しかし、あまり時間が経ちすぎると結びつきが薄くなってしまうのじゃ。時間が経つと魂は女神に……いや、成仏してしまうんじゃよ。蘇生はできるだけ早く行わねばならん〉

今言い直したような……それより、ゆっくりしてる場合じゃないことに驚きを隠せない。

「嘘でしょ……レイドさん、早く戻ってきて!!」

〈まあまあ、慌てても仕方ないさ。一か月、それまでに戻ってくればいいよ……多分〉

頼りない言葉だけど、今はそれを信じるしかない。

「じゃあ、レイドさんが戻ってきたら、すぐ出発できるように荷物をまとめに帰りましょうか。ソフィアさん、ファウダーのことをよろしくお願いします！」

「ええ、あなたも気を付けて。無理はしなくていいですからね？」

生きている人の方が大事なのだから、と扉を閉める時に聞こえたような気がした。

そして次の日、レイドさんも予定通りアルファの町へ戻った。私は事情を説明する。

「なるほど、ならすぐにでも出発しないといけないか。馬車は俺が用意したから、準備ができたらギルドまで来てくれ」

そう言うと慌ただしく私の部屋から出ていった。

出立の用意をして私がギルドに行くと、すでに馬車の前にレイドさんが立っていた。

「それじゃルーナちゃん達は荷台に乗って。御者は俺がやる」

どこから調達してきたのか、幌(ほろ)付きの立派な馬車の荷台に乗り込む私達。

「がう」

「きゅんきゅん♪」

「きゅーん！」

狼達も興奮して吠えていると、イルズさんとファロスさんが見送りに出てきてくれた。

「手伝ってやれないが、死ぬんじゃないぞ？　レイドがいるから何も言わないが、普通なら絶対に止めているところだ」

「無事を願っているよ。フレーレちゃんが行かないと聞いたから、少ないけどハイポーションを持っていくといい」

「ありがとうございます！　あ、フレーレがパーティを解除したいって言ったら、手続きをお願いしますね」

ファロスさんからハイポーションの瓶を受け取ってお礼を言うと、イルズさんが頷く。

さて、出発だと思っていると、私達に近づいてくる人影があった。それを見てファロスさんが口元を緩ませて誰にともなく呟く。

「フフ、杞憂だったかな？」

「え？　……あ、フレーレ！」

「待って！　待ってください！」

通りを全力で走ってきたのはフレーレだった。見送りに来てくれたのかな？

「おはよう、フレーレ！　どうしたの、そんなに慌てて？」

「はあ……はあ……よかった、間に合って……わ、わたしも行きます！」

「えええええ!?」

確かによく見ればリュックサックを背負っている。見た感じ、レイドさんと同じマジックバッグ、もといマジックリュックだろう。

それよりもフレーレがヤケクソになっていないか気になる。

「大丈夫？　正直、なんて声をかけていいかわからなかったの。フレーレはもう十分頑張ってるから『頑張って』なんて酷いことは言えないし、ね。落ち着いたら、またショッピングでも行けたらいいな、ってそう思ってた」

「そうですね……わたしも取り乱していましたし、落ち込んでいました。でも、よく考えてみたんです。アントンを回復させようとして傷を開いたのはわたしです。だからわたしは償うために霊峰に行かなければ、と」

「それは――」

フレーレのせいではないと言いかけたところで言葉を続けるフレーレ。

「あんな形で回復魔法を逆手に取られてショックでした。だけどシルキーさんや神父のおじいさんの言葉で思ったんです。わたしのやりたかったことは人を助けること。それは回復魔法が使えなかったとしてもできるんです」

「フレーレ……」

昨日までと違い、目には光が戻っていた。

「それにこのまま別れて、もしルーナ達が帰ってこなかったら？　それこそ立ち直れないじゃないですか。あの時一緒に行っていればとか後悔したくありませんしね、えへへ……」

「私、簡単には死なないわよ？　レイドさんやチェイシャ、レジナ達がいるんだもの！」

「もう、ルーナったら」

泣き笑いの表情で私に笑いかける。

茶化すつもりはないけど、死ぬつもりはないのは本当だ。お父さんを見つけて真実を聞くまで、絶対に。

「こっちには頼りになる仲間がいるから、きっと大丈夫」

するとずっと黙って聞いていたレイドさんが、御者台から降りてフレーレへ握手を求める。

「俺としてもフレーレちゃんがいてくれるのはありがたいな。また、よろしく頼むよ」

「はい！　チェイシャちゃんとレジナにおチビちゃん達もね！」

〈(うむ。無理はするでないぞ？　仲間がいるから相談するのじゃ)〉

「きゅん！　きゅーん！」

「わふ⁉」

チェイシャがフレーレを心配していると、レジナ達が騒ぎ出す。視線の先を見てみると、

「またどこかへ行くのか⁉　私も連れて行ってくれえ‼」

げ⁉　またフォルティスさんだ⁉　今回はまだ馬車に乗っていないので、逃げるのは無理そうだ。

横には前回止めてくれていた執事さんもいる。

「あ、あはは……よくわかりましたね……今日出発するのが……」

「うむ。最近よくギルドに行くのだが、たまたまルーナとレイドが霊峰に行く話を聞いていたのだ。

それで準備をして張っていたのだよ」

得意げに聞き耳を立てていたことを白状するフォルティスさん。うーん、どうしたものか。

「フォルティス、俺達は霊峰フジミナへ行くんだが、それは知っているのか？」

ここでレイドさんが私の前へ出てフォルティスさんへ詰め寄る。おお、頼もしい！

「もちろんだ。山登りだろう？　見よ！　準備は万端だ！　それに私も冒険者としてやっていた頃
がある、きっと役に立つはずだ」

すると、

「（一年で向いてないってことがわかって、周りから止められたんですけどね）」

いつの間にか横に来ていた執事さんが私に耳打ちをしていた。あ、でも一年は冒険者としてやってたんだ。

「これは遊びじゃない。浮ついた気持ちで来られたら本当に迷惑なんだ。悪いが、今回は真面目に

諦めてくれ」

「う……」

ちょっと機嫌が悪くなったレイドさんに言われて後ずさるフォルティスさん。

ここまで言われても権力を笠に着ないから、ホントいい人だよね。恋人にはしたくないけど。

「……ではルーナに聞いてみよう。どうだ？　私がついて行っても問題ないだろう？」

「え、えーと……お仕事は大丈夫なんです、か？」

「無論だ。こんなこともあろうかと、いつでも出られるように依頼を受けた端から全て終わらせている！」

うわあ、妙なところで労力を。うーん、どうしよう……

いい断りの言葉が思いつかず悩んでいると、フレーレが何かを思いついたらしく、フォルティスさんへ耳打ちをした。

「な、なんだと!?　そ、そんな馬鹿な!?　私は、出遅れたと言うのか……」

なんだかショックを受けたフォルティスさんが私とレイドさんを交互に見た後、フラフラと私のところへ歩いてきて、抱きしめられた。なんで!?

「私は諦めんぞ！　必ずこの男から君を救ってみせる！」

「あああ、あの、一体何を？」

「帰ってきたらまた話そう！」

とか言いながら全然離そうとしないんですけど!?

「ごめんなさい！」

ドス!!

「う!?」

ドサリとフォルティスさんが崩れ落ち、執事さんが支える。

「あ、あれは『ルーナックル』！」

「なんだい、それは？」

「ルーナが〝山の宴〟でウェイトレスをしていたのは知っていますよね？　その時、お尻を触ったりナンパをしてきた男の人は多いんですけど、そういった人達を次々と葬ったのが、今のパンチなんです！」

げ、見てたの!?　確かに補助魔法で力とスピードを上げ、目に見えない速さでノックアウトしていたことはある。フレーレ、油断できない子……！

「ささ、皆さん、今のうちに。フォルティス様は私が責任を持って連れて帰りますので」

「あ、これはどうもご丁寧に……」

「いえいえ、毎度申し訳ありません。私も雇われの身ですので、強く言えず申し訳ない」

という執事さんもきっといろいろ苦労しているに違いない。

「それじゃ、フォルティスさんを頼みますね！」

私達は馬車へ乗り込み、執事さんに手を振ってアルファの町を後にした。

「ところでフレーレ、フォルティスさんになんて言ったの？」

ビクっと跳ね上がるフレーレ。

「な、内緒です！　い、いいじゃありませんか！　フォルティス様を振り切ったんですし」

……怪しい。後で問い詰めねば。

「わふわふ」

「きゅんー♪」

「きゅんきゅん！」

狼達はまた旅ができて嬉しいのか、荷台の中を飛び回ったり、チェイシャと遊んでいた。

「そういえばフレーレ、さっきなんて言ってたっけ？」

「なんですか？」

「ほら、私のパンチ」

「ああ、『ルーナックル』ですか！　あれはすごいですよね、目にも留まらぬ速さで痴漢をノックアウト！　……あれ？　どうしてそんな怖い顔を？」

「あんたって子は……!!　……ぷっ、あはははは！」

昨日は落ち込んでいて、さっきはあんなに熱弁していたフレーレが、いつも通りになっているのを見ておかしくなってしまった。

私達はこれでいい、いつも通りでいいんだ。

「？　どうしたんですか？」

「ベーつに！　そうねー、『アリフレーレ』って感じかな？」

「……！　ど、どうせわたしはどこにでもいる子ですよ！」

ぷいっとそっぽを向くフレーレを見て、私はいつもの調子に戻ったと感じる。

目指すは隣国ビューリックに近い〝霊峰フジミナ〟。

お父さんの手がかりになる女神の封印と、メルティちゃんを救う不死鳥の血を求め、私達は旅立つのだった。

新＊感＊覚　ファンタジー！

Regina レジーナブックス

悪役令嬢、
竜と幸せになります

竜人さまに狂愛される
悪役令嬢には王子なんか
必要ありません！

深月(みつき)カナメ
イラスト：iyutani

事故をきっかけに大好きな乙女ゲーム世界へ転生し悪役令嬢シャルロットとなった、ある少女。ゲーム本編開始前の今なら最推しである婚約者の王子と仲良くできる！　そう期待していたのもつかの間、王子に理不尽な嫌がらせを受けてしまう……それならもう結構！　と前を向いていた彼女に優しく美しい竜人さまが手を差し伸べてきて——!?

詳しくは公式サイトにてご確認ください。

https://www.regina-books.com/

携帯サイトはこちらから！

新＊感＊覚 ファンタジー！

レジーナブックス
Regina

庶民になれと？
願ったりですわ！

悪役令嬢の役割は終えました1～2

月椿（つき つばき）
イラスト：煮たか

神様に妹の命を助けてもらう代わりに悪役令嬢として転生したレフィーナ。わざと嫌われ役を演じ、ヒロインと王太子をくっつけた後は、貴族をやめてお城の侍女になることに。そんな彼女は、いわゆる転生チートというやつか、どんなことでも一度見ただけでマスターできてしまう。その特技を生かして庶民ライフを楽しんでいたら、周囲の人々の目もどんどん変わってきて――？

詳しくは公式サイトにてご確認ください。
https://www.regina-books.com/

携帯サイトはこちらから！

新＊感＊覚　ファンタジー！

Regina レジーナブックス

料理もチートも
三ツ星級!?

専属料理人なのに、料理しかしないと追い出されました。1～2

桜 鶯（さくら うぐいす）

イラスト：八美☆わん

冒険者パーティーの専属料理人をしていたアリー。ところが戦えない人間は不要だと言われ、ダンジョン最下層で置き去りにされてしまった！　ただの料理人にとって、それは死を宣告されたのと同じ。でも隠れスキルを持つアリーは難なく生還し、身勝手な仲間たちにちゃっかり仕返しも果たす。その後はダンジョンなどで食材集めをしながら、夢の食堂開店に向けて動き始めて……!?

詳しくは公式サイトにてご確認ください。

https://www.regina-books.com/

携帯サイトはこちらから！

新＊感＊覚　ファンタジー！

レジーナブックス
Regina

無限大な魔法力で
スローライフ!

利己的な聖人候補
1〜2

とりあえず異世界でワガママさせてもらいます

やまなぎ
イラスト：すがはら竜

神様の手違いから交通事故で命を落としてしまった小畑初子（通称：オバちゃん）。生前の善行を認められ、聖人にスカウトされるも、自分の人生を送ろうとしていた初子は断固拒否！　するとお詫びとして異世界転生のチャンスを神様が与えてくれると言い出して……⁉　チートな力で、せっかくだから今度は自由に生きてやります‼

詳しくは公式サイトにてご確認ください。
https://www.regina-books.com/

携帯サイトはこちらから！

原作 雪兎ざっく Zakku Yukito
漫画 鳴海マイカ Maika Narumi

RC Regina COMICS

Eランクの薬師 1〜2

異世界成長ファンタジー
待望のコミカライズ!

アルファポリスWebサイトにて
好評連載中!

薬師のキャルは、冒険者の中でも最弱のEランク。役立たずと言われながらも、仲間のために薬を作り続けていたのだけれど……ある日、ついにパーティを追放されてしまった! 故郷に帰るお金もなく、見知らぬ町で途方に暮れていると、ひょんなことから死にかけの魔法剣士・カイドに出会う。さっそく彼に治療を施し、自作の回復薬を渡したら、なぜかその薬を大絶賛されて——!?

B6判/各定価:本体680円+税
アルファポリス 漫画 検索

大好評発売中!

大好評発売中!!!!!

原作：青蔵千草
漫画：秋野キサラ
Presented by Chigusa Aokura
Comic by Kisara Akino

シリーズ累計
20万部突破！
（電子含む）

異世界で失敗しない100の方法 1～4

攻略マニュアル系ファンタジー
待望のコミカライズ！

アルファポリスWebサイトにて
好評連載中！

就職活動が上手くいかず、落ち込む毎日の女子大生・相馬智恵（そうまちえ）。いっそ大好きな異世界トリップ小説のように異世界に行ってしまいたい……と、現実逃避をしていたら、ある日、本当に異世界トリップしてしまった！この世界で生き抜くには、女の身だと危険かもしれない。智恵は本で得た知識を活用し、性別を偽って「学者ソーマ」になる決意をしたけど――!?

B6判／各定価：本体680円＋税
アルファポリス 漫画 検索

この作品に対する皆様のご意見・ご感想をお待ちしております。

おハガキ・お手紙は以下の宛先にお送りください。

【宛先】

〒150-6008 東京都渋谷区恵比寿4-20-3 恵比寿ガーデンプレイスタワー8F
(株) アルファポリス　書籍感想係

メールフォームでのご意見・ご感想は右のＱＲコードから、
あるいは以下のワードで検索をかけてください。

アルファポリス　書籍の感想　検索

ご感想はこちらから

本書は、Webサイト「アルファポリス」(https://www.alphapolis.co.jp/) に掲載されていたものを、改稿、加筆のうえ、書籍化したものです。

パーティを追い出されましたがむしろ好都合です！ 2

八神凪（やがみ なぎ）

2020年 6月 30日初版発行

編集－桐田千帆・宮田可南子
編集長－太田鉄平
発行者－梶本雄介
発行所－株式会社アルファポリス
〒150-6008 東京都渋谷区恵比寿4-20-3 恵比寿ガーデンプレイスタワー8F
TEL 03-6277-1601（営業） 03-6277-1602（編集）
URL https://www.alphapolis.co.jp/
発売元－株式会社星雲社（共同出版社・流通責任出版社）
〒112-0005 東京都文京区水道1-3-30
TEL 03-3868-3275
装丁・本文イラスト－ネコメガネ
装丁デザイン－AFTERGLOW
（レーベルフォーマットデザイン—ansyyqdesign）
印刷－図書印刷株式会社

価格はカバーに表示されてあります。
落丁乱丁の場合はアルファポリスまでご連絡ください。
送料は小社負担でお取り替えします。
©Nagi Yagami 2020.Printed in Japan
ISBN978-4-434-27459-6 C0093